The Cowherd and the Weaver Girl

The Cowherd and the Weaver Girl

A Story in Easy Chinese, Pinyin and English

529 Word Chinese Vocabulary

Written by Jenny Lu

IMAGIN8
PRESS

Published in the United States by Imagin8 Press LLC, Verona, Pennsylvania, US. For information, contact us via email at info@imagin8press.com.

Our books may be purchased directly in quantity at a reduced price, visit www.imagin8press.com for details.

Imagin8 Press, the Imagin8 logo and the sail image are all trademarks of Imagin8 Press LLC.

Written by Jenny Lu
Edited by Xiao Hui Wang and Jeff Pepper
Cover artwork by NextMars, Liuyang, China
Audiobook narration by Junyou Chen

ISBN: 978-1959043669
Version 7.0

Acknowledgements

Thanks to Jeff Pepper and Xiao Hui Wang for their editing, Jean Agapoff and Arnaud Ysmal for their careful proofreading, Junyou Chen for his always-enjoyable audio recording of the book, and the artists at NextMars for their terrific cover artwork.

Audiobook

A complete Chinese language audio version of this book is available free of charge. To access it, go to YouTube.com and search for the Imagin8 Press channel. There you will find free audiobooks for this and many other books.

You can also visit our website, www.imagin8press.com, to find a direct link to the YouTube audiobook, as well as information about our other books.

Introduction

The Cowherd and the Weaver Girl (牛郎织女, Niúláng Zhīnǚ) stands as one of China's most enduring love stories, having captivated audiences for over two thousand years. This tale of star-crossed lovers has been passed down through generations, evolving from ancient folk mythology into countless retellings across literature, opera, film, and popular culture.

At its heart, the story follows the romance between Niulang, a mortal cowherd, and Zhinü, a goddess who weaves the clouds in the sky. Their love transcends the boundaries between heaven and earth, leading to marriage and children, before they are forcibly separated by divine decree. Their reunion, permitted only once a year when magpies form a bridge across the heavenly river, has become synonymous with the Qixi Festival (七夕节, Qīxī Jié), also known as Chinese Valentine's Day.

Evolution and Cultural Significance

The tale's earliest written records date back to ancient Chinese astronomical texts, where the stars Altair and Vega were seen as the separated lovers. Over centuries, the story accumulated layers of meaning, reflecting Chinese society's values regarding love, marriage, family duty, and the relationship between heaven and earth. Different versions emphasize various aspects: some focus on the pure romance, others on the themes of duty versus desire, while still others explore the tensions between divine law and human emotion.

The story has traditionally been seen as celebrating the power of true love to transcend social boundaries and even the divide between mortal and immortal realms. It exemplifies the Chinese cultural value of yuanfen (缘分), the concept that certain relationships are fated, despite obstacles that may arise.

The story illustrates several traditional Chinese values: the importance of family, the power of dedication and hard work (as shown through both Niulang's diligence and Zhinü's weaving), and the belief that true love can overcome seemingly insurmountable barriers. The yearly reunion on the seventh day of the seventh lunar month has become a celebration of romantic love in Chinese culture.

Festival Traditions and Personal Connections

The Qixi Festival remains deeply embedded in Chinese family life, with special foods and customs passed down through generations. One particularly meaningful tradition is the preparation of certain dishes, especially chicken, which holds special significance. As many Chinese mothers tell their children, eating chicken on Qixi symbolizes the hope that the legendary lovers won't be disturbed by the rooster's dawn crow during their brief reunion.

Another traditional festival food is qiaoguo (巧果, "skill fruits"), special pastries that young women eat while praying for skills in needlework and crafts, inspired by Zhinü's legendary weaving abilities.

These traditions create personal connections to the story that span generations. Many Chinese people grow up hearing this tale from their mothers, often while sharing these special festival foods, creating a deep emotional connection that goes beyond the narrative itself.

About This Version

Our retelling of this timeless tale seeks to honor both the story's traditional elements and its emotional core, while paying particular attention to the daily lives and feelings of its characters, thus bringing to life not just the grand romance but the small moments that make their love story so deeply human.

This retelling has been specially crafted for Chinese language learners. It uses only 529 different Chinese words, mostly in levels HSK 1, 2 and 3. By limiting the vocabulary, we've made this beautiful story accessible to intermediate learners while maintaining its emotional depth and cultural significance. New words are introduced gradually, allowing readers to naturally expand their Chinese vocabulary while enjoying this classic tale. All words used in the story are defined in the Glossary.

A free audiobook is also available on YouTube, on the Imagin8 Press channel. This give readers the opportunity to listen to the story read aloud by a native Chinese speaker while reading the book.

Contemporary Relevance

The Cowherd and the Weaver Girl remains a cornerstone of Chinese cultural heritage. Its endurance speaks to its power in capturing fundamental human experiences: the yearning for love, the pain of separation, and the hope that even the briefest reunion can sustain the heart through long periods of waiting.

We hope you enjoy this wonderful story!

The Cowherd and the Weaver Girl
牛郎织女

Niúláng Zhīnǚ

Dì Yī Zhāng: Gūdú De Niúláng

Hěnjiǔ yǐqián, zài yīgè cūnzi lǐ zhùzhe yīgè niánqīng rén, dàjiā dōu jiào tā Niúláng. Tā hěn xiǎo de shíhou bàba māma jiù zǒu le, tā gēn gēge hé gēge de qīzi yīqǐ shēnghuó.

Měitiān zǎoshang tiān hái méi liàng, gēge jiù jiào tā, "Niúláng, qǐchuáng le! Qù fàng niú le."

"Hǎo de, gēge," Niúláng huídá, ránhòu mǎshàng qǐchuáng.

Tā chuān shàng jiù yīfu, ná qǐ zìjǐ de wǎn. Gēge de qīzi gěi tā yīdiǎn er mǐfàn, shuō, "Qù gōngzuò ba, tiān hēi qián bié huílái."

牛郎织女

第一章：孤独的牛郎

很久以前，在一个村子里住着一个年轻人，大家都叫他牛郎[1]。他很小的时候爸爸妈妈就走了，他跟哥哥和哥哥的妻子一起生活。

每天早上天还没亮，哥哥就叫他，"牛郎，起床了！去放牛了。"

"好的，哥哥，"牛郎回答，然后马上起床。

他穿上旧衣服，拿起自己的碗。哥哥的妻子给他一点儿米饭，说，"去工作吧，天黑前别回来。"

---

[1] 牛郎　niúláng – a cowherd, a boy or man who herds cattle. Similar to a cowboy in American usage. Used here as a name.

"Xièxie," Niúláng shuō wán jiù qù shānshàng fàng niú le. Tāmen jiā li yǒu jǐ tóu niú, yǒu yītóu lǎo huángniú hǎoxiàng zuì xǐhuān tīng tā shuōhuà.

Cūnzi lǐ de rén jīngcháng shuō, "Niúláng fàng niú hěn rènzhēn."

"Shì a, tā hěn nǔlì."

"Dànshì tā shēnghuó de bù róngyì."

Měi cì tā zǎo huí jiā, gēge de qīzi dōu huì wèn, "Nǐ zěnme yòu huílái le?"

"Niú yǐjīng chī bǎo le, wǒ xiǎng wǒ kěyǐ huílái bāngmáng," Niúláng huídá.

"Bùyòng le, huíqu fàng niú ba." Gēge de qīzi yòu ràng tā chūqù fàng niú.

Zài shānshàng, Niúláng huì duì lǎo huángniú shuō, "Lǎo huángniú a, nǐ zhīdào wǒ yǒu duō gūdú ma?"

Lǎo huángniú zhī shì kànzhe tā.

"谢谢，"牛郎说完就去山上放牛了。他们家里有几头牛，有一头老黄牛好像最喜欢听他说话。

村子里的人经常说，"牛郎放牛很认真。"

"是啊，他很努力。"

"但是他生活得不容易。"

每次他早回家，哥哥的妻子都会问，"你怎么又回来了？"

"牛已经吃饱了，我想我可以回来帮忙，"牛郎回答。

"不用了，回去放牛吧。"哥哥的妻子又让他出去放牛。

在山上，牛郎会对老黄牛说，"老黄牛啊，你知道我有多孤独吗？"

老黄牛只是看着他。

"Nǐ juéde wǒ de shēnghuó huì biàn hǎo ma?" Niúláng wèn.

"Wǒ xīwàng yǒu gèrén kěyǐ hé wǒ shuōshuohuà, nǐ juéde kěyǐ ma?"

Lǎo huángniú kànzhe Niúláng, hǎoxiàng zài rènzhēn tīngzhe tā shuō de měi yījù huà.

Chūntiān lái le, shānshàng kāizhe piàoliang de huā, tiānqì yě bù lěng le. Yītiān xiàwǔ, Niúláng zuò zài shānshàng, nà tóu lǎo huángniú tūrán zǒu dào tā miànqián.

"Nǐ jīntiān zěnmele?" Niúláng wèn. "Nǐ kàn qǐlái yǒu huà yào duì wǒ shuō."

Lǎo huángniú kànzhe Niúláng, ràng tā chījīng de shì, tā tūrán kāishǐ shuōhuà le. Niúláng juéde hěn qíguài, wǎng hòu zǒu le yībù.

"Bùyào pà," lǎo huángniú shuō, "wǒ shì lái bāng nǐ de. Wǒ zhīdào nǐ de shēnghuó bù róngyì."

"Nǐ huì shuōhuà?" Niúláng xiǎoxīn de wèn.

"你觉得我的生活会变好吗？"牛郎
问。

"我希望有个人可以和我说说话，你觉
得可以吗？"

老黄牛看着牛郎，好像在认真听着他说
的每一句话。

春天来了，山上开着漂亮的花，天气也
不冷了。一天下午，牛郎坐在山上，那
头老黄牛突然走到他面前。

"你今天怎么了？"牛郎问。"你看起
来有话要对我说。"

老黄牛看着牛郎，让他吃惊的是，它突
然开始说话了。牛郎觉得很奇怪，往后
走了一步。

"不要怕，"老黄牛说，"我是来帮你
的。我知道你的生活不容易。"

"你会说话？"牛郎小心地问。

"Duì. Wǒ bùshì yībān de niú. Wǒ shì cóng tiānshàng lái de," lǎo huángniú shuō. "Wǒ kàn dào nǐ měitiān dōu hěn nǔlì de gōngzuò, duì rén yě hěn hǎo, suǒyǐ wǒ xiǎng yào bāng nǐ."

Niúláng zuò zài lǎo huángniú pángbiān, wèn, "Nǐ yào zěnme bāng wǒ?"

"Tīngzhe," lǎo huángniú shuō. "Nǐ bù xūyào gèng duō de niú, yě bù xūyào gèng duō de qián, nǐ xūyào yīgè hǎo qīzi."

"Qīzi?" Niúláng xiào le yīxià. "Kěshì shuí yào hé wǒ zhèyàng de rén yīqǐ shēnghuó ne? Wǒ shénme dōu méiyǒu."

"Bùyào zhème xiǎng," lǎo huángniú shuō. "Nǐ yào xiāngxìn wǒ. Míngtiān zǎoshang tiānliàng qián, nǐ lái zhèlǐ jiàn wǒ. Wǒ yào gàosù nǐ yī jiàn hǎoshì."

"Hǎo," Niúláng tóngyì le, "xiànzài tiān yào hēi le, wǒmen yīnggāi huí jiā le."

"对。我不是一般的牛。我是从天上来的，"老黄牛说。"我看到你每天都很努力地工作，对人也很好，所以我想要帮你。"

牛郎坐在老黄牛旁边，问，"你要怎么帮我？"

"听着，"老黄牛说。"你不需要更多的牛，也不需要更多的钱，你需要一个好妻子。"

"妻子？"牛郎笑了一下。"可是谁要和我这样的人一起生活呢？我什么都没有。"

"不要这么想，"老黄牛说。"你要相信我。明天早上天亮前，你来这里见我。我要告诉你一件好事。"

"好，"牛郎同意了，"现在天要黑了，我们应该回家了。"

Huíjiā de lùshàng, Niúláng yīzhí zài xiǎngzhe lǎo huángniú de huà. Suīrán juéde hěn qíguài, dànshì nàxiē huà ràng tā yǒu le xīwàng. Zhè shì tā dì yī cì juéde tā de shēnghuó kěnéng huì biàn hǎo.

Dàojiā yǐhòu, gēge wèn, "Jīntiān niú dōu hǎo ma?"

"Dōu hěn hǎo," Niúláng shuō, "nà tóu lǎo huángniú jīntiān tèbié hǎo."

Nèitiān wǎnshàng, Niúláng shuì de hěn hǎo. Tā shuìjiào de shíhou, kànjiàn le hěnduō piàoliang de xīngxing.

回家的路上，牛郎一直在想着老黄牛的话。虽然觉得很奇怪，但是那些话让他有了希望。这是他第一次觉得他的生活可能会变好。

到家以后，哥哥问，"今天牛都好吗？"

"都很好，"牛郎说"那头老黄牛今天特别好。"

那天晚上，牛郎睡得很好。他睡觉的时候，看见了很多漂亮的星星。

Dì Èr Zhāng: Tiānshàng De Shēnghuó

Zài tiānshàng, yǒu yīgè hěn piàoliang de nǔrén, dàjiā dōu jiào tā Zhīnǔ. Tā zhù zài yīgè dà huāyuán lǐ. Měitiān zǎoshang, tàiyáng chūlái de shíhou, tā jiù qǐchuáng le.

"Zhīnǔ, qǐchuáng le!" qítā rén huì jiào tā. "Yào kāishǐ gōngzuò le."

Zhīnǔ chuān shàng bái yīfu, chī wán zǎofàn jiù kāishǐ gōngzuò. Tā de gōngzuò jiùshì zhī yún. Tā zhī chū de yún shì tiānshàng zuì piàoliang de, shì tā yòngxīn zhī chūlái de.

"Zhīnǔ, nǐ zhēn cōngming," tā de tóngshì shuō. "Nǐ zhī de dōngxi dōu hěn hǎokàn."

Zhīnǔ zǒng shì xiàoxiao, dànshì tā de yǎnjīng li yǒu yīdiǎn er nánguò. Suīrán tiānshàng hěn měi, dànshì tā juéde tài ānjìng le, érqiě tā zǒng shì yīgè rén.

第二章：天上的生活

在天上，有一个很漂亮的女人，大家都叫她<u>织女</u>[2]。她住在一个大花园里。每天早上，太阳出来的时候，她就起床了。

"<u>织女</u>，起床了！"其他人会叫她。"要开始工作了。"

<u>织女</u>穿上白衣服，吃完早饭就开始工作。她的工作就是织云。她织出的云是天上最漂亮的，是她用心织出来的。

"<u>织女</u>，你真聪明，"她的同事说。"你织的东西都很好看。"

<u>织女</u>总是笑笑，但是她的眼睛里有一点儿难过。虽然天上很美，但是她觉得太安静了，而且她总是一个人。

---

[2] 织女　Zhīnǔ – a girl or woman who is a weaver. Used here as a name.

"Xièxie," Zhīnǚ shuō, "wǒmen yīqǐ gōngzuò ba."

Tā jīngcháng cóng tā zhù de dìfang xiàng xià kàn, kànzhe xiàmiàn de rénjiān. Tā měitiān dōu kěyǐ kànjiàn rénjiān de shēnghuó: Dàrénmen gōngzuò, háizimen wán, hái yǒurén mǎimài dōngxi. Tā duì rénjiān de shēnghuó hěn gǎn xìngqù.

"Nǐ yòu zài kàn xiàmiàn de rénjiān le?" yīgè tóngshì zǒu guòlai wèn.

"Shìde," Zhīnǚ huídá, "nǐ juéde rénjiān de shēnghuó zěnme yàng? Tāmen kàn qǐlái dōu hěn gāoxìng."

"Bié xiǎng nàme duō," nàgè tóngshì shuō. "Wǒmen de gōngzuò zài zhèlǐ."

"谢谢，"<u>织女</u>说，"我们一起工作吧。"

她经常从她住的地方向下看，看着下面的人间[3]。她每天都可以看见人间的生活：大人们工作，孩子们玩，还有人买卖东西。她对人间的生活很感兴趣。

"你又在看下面的人间了？"一个同事走过来问。

"是的，"<u>织女</u>回答，"你觉得人间的生活怎么样？他们看起来都很高兴。"

"别想那么多，"那个同事说。"我们的工作在这里。"

---

[3] 人间　rénjiān – the mortal world; the human realm, in contrast to heaven or the celestial realm

Zhīnǚ dītóu jìxù gōngzuò, dànshì tā de xīnli yǒu yīgè xīwàng: Tā xiǎng qù kànkan rénjiān de shēnghuó.

Měitiān wǎnshàng, Zhīnǚ zǒng shì yīgèrén zuòzhe, kànzhe xiàmiàn, tīngzhe rénjiān de shēngyīn. Yǒu shíhou fēng huì dài lái rénmen shuōhuà de shēngyīn huòzhě shì háizimen de xiàoshēng.

"Zhīnǚ, nǐ zěnme yòu shì yīgèrén zài zhèlǐ?" yīgè hóng tóufa lǎorén wèn. Tā jiào Yún Lǎo, shì tiānshàng de lǎoshī, tiāntian kànzhe dàjiā de gōngzuò.

"Wǒ zài kàn xīngxing," Zhīnǚ qīngqing de shuō.

"Jìzhù nǐ yào zuò de gōngzuò," Yún Lǎo shuō, "nǐ yào bǎ nǐ de cōngming yòng zài zhèlǐ."

"Hǎo de, Yún Lǎo," Zhīnǚ huídá. Dànshì tā háishì xiǎng kànkan rénjiān de shēnghuó.

织女低头继续工作，但是她的心里有一个希望：她想去看看人间的生活。

每天晚上，织女总是一个人坐着，看着下面，听着人间的声音。有时候风会带来人们说话的声音或者是孩子们的笑声。

"织女，你怎么又是一个人在这里？"一个红头发老人问。他叫云老，是天上的老师，天天看着大家的工作。

"我在看星星，"织女轻轻地说。

"记住你要做的工作，"云老说，"你要把你的聪明用在这里。"

"好的，云老，"织女回答。但是她还是想看看人间的生活。

Nèitiān wǎnshàng, Zhīnǚ shuìjiào de shíhou, xiǎngzhe rénjiān de shēnghuó. Tā juéde nàzhǒng shēnghuó hěn yǒuyìsi.

Dì èr tiān zǎoshang, Zhīnǚ bǐ qítā rén gèng zǎo de qù gōngzuò le. Tiānqì hěn hǎo, tā zuò zài nàlǐ zhī yún, dànshì tā de xīn zǒuxiàng le hěn yuǎn.

"Zhīnǚ, nǐ jīntiān láide zhēn zǎo," yīgè niánqīng de tóngshì zǒu guòlai shuō.

"Shì de," Zhīnǚ huídá, "jīntiān xiǎng duō zuò yīdiǎn er."

Dànshì tā de xīn bùzài gōngzuò shàng, tā yīzhí zài xiǎng rénjiān de shēnghuó. Tā juéde zìjǐ bù yìnggāi zhèyàng, dàn háishì bù tíng de xiǎng.

Zhèshí, Yún Lǎo yòu chūxiàn le.

"Zhīnǚ, nǐ de gōngzuò zuò de zěnme yàng?" Yún Lǎo wèn.

那天晚上，织女睡觉的时候，想着人间的生活。她觉得那种生活很有意思。

第二天早上，织女比其他人更早地去工作了。天气很好，她坐在那里织云，但是她的心走向了很远。

"织女，你今天来得真早，"一个年轻的同事走过来说。

"是的，"织女回答，"今天想多做一点儿。"

但是她的心不在工作上，她一直在想人间的生活。她觉得自己不应该这样，但还是不停地想。

这时，云老又出现了。

"织女，你的工作做得怎么样？"云老问。

"Wǒ zhèngzài rènzhēn de zuò," Zhīnǚ shuō. Dàn tā kàndào zìjǐ zhī de yún yǒu cuò, yǒudiǎn dānxīn.

Yún Lǎo kàn le tā de gōngzuò shuō, "Nǐ jīntiān de yún méiyǒu yǐqián de hǎo. Nǐ shì bùshì yǒu shénme shì?"

Zhīnǚ mǎshàng zhàn qǐlái shuō, "Duìbùqǐ, lǎoshī. Wǒ míngtiān huì zuò de gèng hǎo de."

Yún Lǎo guānxīn de kànzhe tā shuō, "Nǐ zuìjìn jīngcháng yīgèrén, yě bù hé biérén shuōhuà. Rúguǒ nǐ yǒu shénme shì, kěyǐ gàosù wǒ."

Zhīnǚ dīzhe tóu shuō, "Xièxie lǎoshī, wǒ méishì. Wǒ jìxù qù gōngzuò."

Yún Lǎo zǒu le yǐhòu, yīgè tóngshì qīngqing de duì Zhīnǚ shuō, "Nǐ yào xiǎoxīn yīdiǎn er. Lǎoshī shuō nǐ zuìjìn gōngzuò bù tài hǎo."

"Wǒ zhīdào," Zhīnǚ shuō. Tā xiǎng le xiǎng, yòu shuō, "Nǐ shuō, rénjiān de shēnghuó hǎo bù hǎo?"

"我正在认真地做，"织女说。但她看到自己织的云有错，有点担心。

云老看了她的工作说，"你今天的云没有以前的好。你是不是有什么事？"

织女马上站起来说，"对不起，老师。我明天会做得更好的。"

云老关心地看着她说，"你最近经常一个人，也不和别人说话。如果你有什么事，可以告诉我。"

织女低着头说，"谢谢老师，我没事。我继续去工作。"

云老走了以后，一个同事轻轻地对织女说，"你要小心一点儿。老师说你最近工作不太好。"

"我知道，"织女说。她想了想，又说，"你说，人间的生活好不好？"

"Nǐ zěnme yòu zài xiǎng rénjiān de shì?" tóngshì shuō. "Wǒmen zài tiānshàng hěn hǎo, yǒu gōngzuò, yǒu fángzi, bùyào xiǎng nàme duō le."

Zhīnǚ méiyǒu shuōhuà, dànshì tā de xīnlǐ xiǎng: Kěshì zhèlǐ tài ānjìng le, měitiān dōu yīyàng. Tā juéde rénjiān de shēnghuó yīdìng gèng yǒuyìsi.

Nèitiān xiàwǔ, Zhīnǚ zhǎo le yīgè méi rén zhīdào de dìfang. Nà shì yīgè kěyǐ kàn dào rénjiān měigè dìfang de gāodiǎn. Tā zài nàlǐ kàn le hěnjiǔ hěnjiǔ.

Tū rán, tā kànjiàn yīgè niánqīngrén zài hé niú shuōhuà. Nàgè niánqīngrén kàn qǐlái hěn bùcuò. Zhīnǚ juéde hěn yǒuyìsi, jiù duō kàn le yīhuǐ'er.

"Tā yīgèrén gōngzuò, dànshì kàn qǐlái hěn kuàilè," Zhīnǚ shuō. Tā bù zhīdào, zhège niánqīngrén jiùshì fàng niú de Niúláng.

Huíqu de lùshàng, yīnwèi xiǎngzhe kěnéng huì yǒu de shìqing, Zhīnǚ hěn kāixīn: Míngtiān huì yǒu tóngshì qù rén

"你怎么又在想人间的事？"同事说，"我们在天上很好，有工作，有房子，不要想那么多了。"

织女没有说话，但是她的心里想：可是这里太安静了，每天都一样。她觉得人间的生活一定更有意思。

那天下午，织女找了一个没人知道的地方。那是一个可以看到人间每个地方的高点。她在那里看了很久很久。

突然，她看见一个年轻人在和牛说话。那个年轻人看起来很不错。织女觉得很有意思，就多看了一会儿。

"他一个人工作，但是看起来很快乐，"织女说。她不知道，这个年轻人就是放牛的牛郎。

回去的路上，因为想着可能会有的事情，织女很开心：明天会有同事去人

jiān. Wǒ yě yào hé tāmen yīqǐ qù kànkan. Zhèyàng

xiǎngzhe, tā juéde hěn kuàilè.

间。我也要和她们一起去看看。这样想着，她觉得很快乐。

Dì èr tiān zǎoshang, tiān hái méi liàng, Niúláng jiù qǐchuáng le. Tā jìde lǎo huángniú de huà, suǒyǐ mǎshàng chuān hǎo yīfu wǎng shānshàng zǒu.

"Niúláng, nǐ qù nǎ'er?" gēge wèn.

"Wǒ qù fàng niú," Niúláng huídá. "Jīntiān xiǎng zǎo yīdiǎn qù."

Shānshàng hěn ānjìng, yuèliàng hái zài tiānshàng. Niúláng zhǎodào le lǎo huángniú, lǎo huángniú yǐjīng zài děng tā le.

"Nǐ láide zhènghǎo," lǎo huángniú shuō. "Wǒ yào gàosù nǐ yī jiàn shì. Nǐ jīngcháng qù dōngbian nà tiáo hé ma?"

"Shìde," Niúláng shuō, "wǒ jīngcháng dài niú qù nàlǐ hēshuǐ."

第三章：第一次见面

第二天早上，天还没亮，<u>牛郎</u>就起床了。他记得老黄牛的话，所以马上穿好衣服往山上走。

"<u>牛郎</u>，你去哪儿？"哥哥问。

"我去放牛，"<u>牛郎</u>回答。"今天想早一点去。"

山上很安静，月亮还在天上。<u>牛郎</u>找到了老黄牛，老黄牛已经在等他了。

"你来得正好，"老黄牛说。"我要告诉你一件事。你经常去东边那条河吗？"

"是的，"<u>牛郎</u>说，"我经常带牛去那里喝水。"

Lǎo huángniú jìxù shuō, "Jīntiān zǎoshang, huì yǒu qīgè piàoliang de nǚrén cóng tiānshàng lái hélǐ xǐzǎo. Tāmen bùshì pǔtōngrén, shì tiānshàng de rén."

Niúláng bùgǎn xiāngxìn tā tīng dào de huà, "Zhēn de ma? Tiānshàng lái de rén?"

"Shìde," lǎo huángniú shuō, "yǒuyīgèrén jiào Zhīnǚ. Tā zài tiān shàng zhī de yún zuì piàoliang. Dànshì tā de xīnlǐ yě xiǎngzhe néng zhǎodào yī gè hǎo péngyǒu."

"Dànshì," Niúláng shuō, "wǒ zěnme néng hé tiān shàng de rén shuōhuà ne?"

"Nǐ tīng wǒ shuō," lǎo huángniú gàosù Niúláng. "Děng tāmen lái de shíhou, nǐ kěyǐ ná zǒu Zhīnǚ de yīfu. Zhèyàng tā jiù zhǐnéng liú zài zhèlǐ."

Niúláng juéde bù tài hǎo, "Zhèyàng zuò duì ma?"

"Nǐ bùyào dānxīn," lǎo huángniú shuō. "Zhīnǚ shì gè hěn hǎo de rén, tā yě xiǎng kànkan wǒmen zhèlǐ

老黄牛继续说，"今天早上，会有七个漂亮的女人从天上来河里洗澡。她们不是普通人，是天上的人。"

牛郎不敢相信他听到的话，"真的吗？天上来的人？"

"是的，"老黄牛说，"有一个人叫织女。她在天上织的云最漂亮。但是她的心里也想着能找到一个好朋友。"

"但是，"牛郎说，"我怎么能和天上的人说话呢？"

"你听我说，"老黄牛告诉牛郎。"等她们来的时候，你可以拿走织女的衣服。这样她就只能留在这里。"

牛郎觉得不太好，"这样做对吗？"

"你不要担心，"老黄牛说。"织女是个很好的人，她也想看看我们这里

de shēnghuó. Nǐmen kěyǐ hǎohao shuōhuà. Rúguǒ tā bù gāoxìng, nǐ zài bǎ yīfu hái gěi tā jiù kěyǐ le."

Zhèshí, dōngbian de tiān kāishǐ liàng le. Lǎo huángniú shuō, "Kuài qù ba, tāmen yào lái le. Nǐ xiān zhàn zài dà shù hòumiàn, děng tāmen kāishǐ xǐzǎo de shíhou zài guòqù."

Niúláng xiǎng le yīhuǐ'er, ránhòu tā qīngqing de zǒu dào hé biān, zhàn zài yī kē dà shù de hòumiàn.

Guò le yīhuǐ'er, tiānshàng chūxiàn le hǎotīng de shēngyīn. Niúláng táitóu kàn tiānshàng, qīgè piàoliang de nǚrén cóng tiānshàng fēi xiàlái le. Tāmen dōu chuān zhe bái yīfu, xiàng yún yīyàng qīngqing de zǒudào hébiān.

"Zhèlǐ zhēn piàoliang!" yīgè nǚrén shuō.

"Shì a," lìng yīgè nǚrén shuō, "wǒmen kuài qù xǐzǎo ba."

的生活。你们可以好好说话。如果她不高兴，你再把衣服还给她就可以了。"

这时，东边的天开始亮了。老黄牛说，"快去吧，她们要来了。你先站在大树后面，等她们开始洗澡的时候再过去。"

<u>牛郎</u>想了一会儿，然后他轻轻地走到河边，站在一棵大树的后面。

过了一会儿，天上出现了好听的声音。<u>牛郎</u>抬头看天上，七个漂亮的女人从天上飞下来了。她们都穿着白衣服，像云一样轻轻地走到河边。

"这里真漂亮！"一个女人说。

"是啊，"另一个女人说，"我们快去洗澡吧。"

Niúláng kànjiàn Zhīnǚ zǒu zài zuìhòu miàn. Tā bǎ tā de bái yīfu fàng zài yīkuài dà shítou shàng, ránhòu hé qítā rén yīqǐ zǒu xiàng hébiān.

Niúláng de xīntiào de hěn kuài. Tā děng měi gèrén dōu jìn le shuǐ lǐ yǐhòu, cái qīngqing de zǒu dào Zhīnǚ fàng yīfu de dà shítou pángbiān.

"Duìbùqǐ," tā xiǎoshēng de shuō, ránhòu ná qǐ le Zhīnǚ de yīfu.

Zhè shí, hélǐ de nǚrénmen zhèngzài kāixīn de shuōhuà. Zhīnǚ hé tāmen yīqǐ xiàozhe, dànshì tā yě huì kànkan pángbiān. Turán, tā fāxiàn zìjǐ de yīfu bùjiàn le.

"Wǒ de yīfu ne?" Zhīnǚ zhāojí de wèn.

Qítā rén dōu zhuǎnguò shēn lái kàn. "Shénme? Nǐ de yīfu bùjiàn le?"

"Zhè kěbù hǎo le," yīgè nǚrén shuō, "tiān yào liàng le, wǒmen bìxū huíqu le."

牛郎看见织女走在最后面。她把她的白衣服放在一块大石头上，然后和其他人一起走向河边。

牛郎的心跳得很快。他等每个人都进了水里以后，才轻轻地走到织女放衣服的大石头旁边。

"对不起，"他小声地说，然后拿起了织女的衣服。

这时，河里的女人们正在开心地说话。织女和她们一起笑着，但是她也会看看旁边。突然，她发现自己的衣服不见了。

"我的衣服呢？"织女着急地问。

其他人都转过身来看。"什么？你的衣服不见了？"

"这可不好了，"一个女人说，"天要亮了，我们必须回去了。"

Lìng yīgè nǚrén shuō, "Zhīnǚ, nǐ kuài zhǎozhao.
Wǒmen bùnéng zài zhèlǐ tài jiǔ."

Zhīnǚ cóng hé lǐ zǒu chūlái, dōng kànkan, xī kànkan.
Zhè shíhou, tā kànjiàn le zhàn zài shù pángbiān de
Niúláng.

Qítā de nǚrén shuō, "Zhīnǚ, wǒmen bùnéng zài
děng le. Rúguǒ nǐ bù huíqu, lǎoshī huì shēngqì de."

"Nǐmen xiān huíqu ba," Zhīnǚ shuō. "Wǒ zhǎodào
yīfu hòu jiù huì huíqu de."

Nǚrénmen kànkan tiān, yòu kànkan Zhīnǚ, zuìhòu
zhǐhǎo chuān shàng yīfu fēi huí tiānshàng qù le.

Zhīnǚ yīgèrén zhànzài nàlǐ, kànzhe Niúláng shuō,
"Shì nǐ ná le wǒ de yīfu ma?"

Niúláng shuō, "Shìde. Duìbùqǐ. Dànshì wǒ zhǐshì
xiǎng hé nǐ shuōshuohuà."

"Nǐ rènshí wǒ ma?" Zhīnǚ wèn.

另一个女人说，"织女，你快找找。我们不能在这里太久。"

织女从河里走出来，东看看，西看看。这时候，她看见了站在树旁边的牛郎。

其他的女人说，"织女，我们不能再等了。如果你不回去，老师会生气的。"

"你们先回去吧，"织女说。"我找到衣服后就会回去的。"

女人们看看天，又看看织女，最后只好穿上衣服飞回天上去了。

织女一个人站在那里，看着牛郎说，"是你拿了我的衣服吗？"

牛郎说，"是的。对不起。但是我只是想和你说说话。"

"你认识我吗？"织女问。

"Wǒ zhīdào nǐ jiào Zhīnǚ," Niúláng shuō. "Wǒ jīngcháng kànjiàn nǐ zài tiānshàng zhī yún. Nǐ zhī de yún zuì piàoliang, zuì tèbié." Qíshí, zhè dōushì lǎo huángniú gàosù Niúláng de.

Zhīnǚ de liǎn hóng le, "Nǐ jīngcháng kàn wǒ?"

"Shìde," Niúláng shuō, "měitiān fàng niú de shíhou, wǒ jiù huì kànjiàn tiānshàng de yún. Hòulái wǒ zhīdào nàxiē zuì piàoliang de yún dōu shì nǐ zhī de."

Zhīnǚ kànzhe Niúláng. Zhège niánqīngrén kàn qǐlái hěn hǎo, huì shuō zhēnhuà.

"Wǒ jiào Niúláng," tā shuō. "Rúguǒ nǐ bù shēngqì, kěyǐ hé wǒ shuōshuohuà ma?"

Zhīnǚ xiǎng le xiǎng. Tā kànkan tiānshàng, yòu kànkan Niúláng. Tā zǎo jiù xiǎng zhīdào zhèlǐ de shēnghuó shì zěnme yàng de.

"Hǎoba," Zhīnǚ tóngyì le, "wǒmen kěyǐ shuō shuohuà. Dànshì, nǐ yào tóngyì yī jiàn shì."

"我知道你叫织女，"牛郎说。"我经常看见你在天上织云。你织的云最漂亮、最特别。"其实，这都是老黄牛告诉牛郎的。

织女的脸红了，"你经常看我？"

"是的，"牛郎说，"每天放牛的时候，我就会看见天上的云。后来我知道那些最漂亮的云都是你织的。"

织女看着牛郎。这个年轻人看起来很好，会说真话。

"我叫牛郎，"他说。"如果你不生气，可以和我说说话吗？"

织女想了想。她看看天上，又看看牛郎。她早就想知道这里的生活是怎么样的。

"好吧，"织女同意了，"我们可以说说话。但是，你要同意一件事。"

"Shénme shì?" Niúláng wèn.

"Rúguǒ wǒ xiǎng huí tiānshàng le, nǐ jiù yào bǎ yīfu hái gěi wǒ."

"Hǎode, wǒ tóngyì," Niúláng shuō. "Wǒmen qù nà biān zuò yīhuǐ'er ba. Wǒ gěi nǐ jiǎngjiang zhèlǐ de shìqing."

Jiù zhèyàng, Niúláng hé Zhīnǚ zuò zài hébiān, shuō qǐ le huà. Tàiyáng chūlái le, shānshàng de huā kāi le, xiǎo niǎo yě qǐchuáng le. Zài zhège hěn měi de zǎoshang, tiānshàng de Zhīnǚ hé rénjiān de Niúláng, kāishǐ le tāmen de gùshi.

"什么事？"牛郎问。

"如果我想回天上了，你就要把衣服还给我。"

"好的，我同意，"牛郎说。"我们去那边坐一会儿吧。我给你讲讲这里的事情。"

就这样，牛郎和织女坐在河边，说起了话。太阳出来了，山上的花开了，小鸟也起床了。在这个很美的早上，天上的织女和人间的牛郎，开始了他们的故事。

Dì Sì Zhāng: Zài Yīqǐ

Zhīnǚ hé Niúláng juédìng yào zài yīqǐ shēnghuó. Tāmen yào jiéhūn le. Suīrán tāmen méiyǒu hěnduō qián, dànshì liǎng gèrén dōu hěn gāoxìng.

"Wǒmen jiéhūn de shíhou bù xūyào tài duō dōngxi," Zhīnǚ duì Niúláng shuō. "Jiǎndān yīdiǎn jiù hǎo."

Niúláng dānxīn de kànzhe Zhīnǚ shuō, "Kěshì nǐ zài tiānshàng de shíhou, shēnghuó nàme hǎo. Wǒ hàipà nǐ huì juéde zhèlǐ bù hǎo."

Zhīnǚ xiào le," nǐ bùyào dānxīn. Zài tiānshàng de shíhou, měitiān dōu hěn ānjìng, zuòzhe yīyàng de shì. Zài zhèlǐ hé nǐ zài yīqǐ, wǒ cái zhēnzhèng juéde hěn gāoxìng."

Niúláng de gēge zhīdào tā yào jiéhūn yǐhòu, hěn gāoxìng de shuō, "Zhōngyú yǒurén kěyǐ zhàogù nǐ le. Zhīnǚ zhēn hǎo!"

第四章：在一起

织女和牛郎决定要在一起生活。他们要结婚了。虽然他们没有很多钱，但是两个人都很高兴。

"我们结婚的时候不需要太多东西，"织女对牛郎说。"简单一点就好。"

牛郎担心地看着织女说，"可是你在天上的时候，生活那么好。我害怕你会觉得这里不好。"

织女笑了，"你不要担心。在天上的时候，每天都很安静，做着一样的事。在这里和你在一起，我才真正觉得很高兴。"

牛郎的哥哥知道他要结婚以后，很高兴地说，"终于有人可以照顾你了。织女真好！"

Gēge de qīzi yě lái bāng tāmen. Tā jiāo zhīnǚ zěnme zuòfàn, zěnme dǎsǎo fángjiān. Zhīnǚ xué de hěn kuài, měitiān dōu hěn rènzhēn de xuéxí.

Cūnzi lǐ de rén dōu lái bāngmáng. Yǒude rén bāng tāmen dǎsǎo xīn fángzi, yǒude rén gěi tāmen sòng lǐwù.

"Zhīnǚ, nǐ kàn," yīgè āyí ná lái le jǐjiàn piàoliang de hóng yīfu. "Zhèxiē shì wǒ niánqīng de shíhou chuān de, xiànzài sòng gěi nǐ."

Zhīnǚ hěn gāoxìng, "Xièxie āyí. Wǒ huì hǎohǎo chuān de."

Lǎo huángniú kànzhe tāmen. Tā duì Niúláng shuō, "Nǐmen jiéhūn nèitiān, wǒ huì lái de."

Jiéhūn de nèitiān zǎoshang, tiānqì hěn hǎo. Tàiyáng chūlái de hěn zǎo, cūnzi lǐ de rén yě dōu qǐ de hěn zǎo.

哥哥的妻子也来帮他们。她教织女怎么做饭，怎么打扫房间。织女学得很快，每天都很认真地学习。

村子里的人都来帮忙。有的人帮他们打扫新房子，有的人给他们送礼物。

"织女，你看，"一个阿姨拿来了几件漂亮的红衣服。"这些是我年轻的时候穿的，现在送给你。"

织女很高兴，"谢谢阿姨。我会好好穿的。"

老黄牛看着他们。它对牛郎说，"你们结婚那天，我会来的。"

结婚的那天早上，天气很好。太阳出来得很早，村子里的人也都起得很早。

Zhīnǚ chuān shàng le hóngsè de xīn yīfu, kàn qǐlái tèbié piàoliang. Niúláng zhàn zài tā pángbiān, juéde zìjǐ shì shìjiè shàng zuì kuàilè de rén.

"Zhīnǚ," Niúláng de gēge shuō, "cóng jīntiān kāishǐ, nǐ jiùshì wǒmen de jiārén le."

Cūnzi lǐ de rén dōu lái kàn tāmen. Dàjiā yìqǐ chīfàn, shuōhuà, hěn rènao. Zhīnǚ kānzhe zhèxiē rén, juéde zhèlǐ de shēnghuó zhēn hǎo.

Wǎnshàng, yuèliàng chūlái de shíhou, Zhīnǚ zhàn zài fángzi qiánmian kànzhe tiānshàng.

"Nǐ zài xiǎng tiānshàng ma?" Niúláng wèn.

"Méiyǒu," Zhīnǚ shuō. "Wǒ zài xiǎng, wǒ xiànzài zhēn de hěn kuàilè. Suīrán zhèlǐ de fángzi bù dà, dōngxi yě bù duō, dànshì yǒu nǐ zài, zhèlǐ jiùshì wǒ de jiā."

Niúláng lāzhe Zhīnǚ de shǒu shuō, "Wǒ huì ràng nǐ yīzhí zhème kuàilè."

织女穿上了红色的新衣服，看起来特别漂亮。牛郎站在她旁边，觉得自己是世界上最快乐的人。

"织女，"牛郎的哥哥说，"从今天开始，你就是我们的家人了。"

村子里的人都来看他们。大家一起吃饭，说话，很热闹。织女看着这些人，觉得这里的生活真好。

晚上，月亮出来的时候，织女站在房子前面看着天上。

"你在想天上吗？"牛郎问。

"没有，"织女说。"我在想，我现在真的很快乐。虽然这里的房子不大，东西也不多，但是有你在，这里就是我的家。"

牛郎拉着织女的手说，"我会让你一直这么快乐。"

Lǎo huángniú zhàn zài yībiān kànzhe tāmen. Tā zhīdào, Zhīnǚ shuō de shì zhēn de. Zài tiānshàng de shíhou, Zhīnǚ suīrán shénme dōu yǒu, dànshì méiyǒu yīgè zhēnzhèng de jiā. Xiànzài, tā zhǎodào le zìjǐ xiǎng yào de shēnghuó.

Jiéhūn yǐhòu, Niúláng hé Zhīnǚ kāishǐ le tāmen de xīn shēnghuó. Měitiān zǎoshang, tiān hái méi liàng de shíhòu, Zhīnǚ jiù qǐchuáng le.

"Nǐ bùyòng zhème zǎo qǐchuáng," Niúláng shuō.

"Wǒ xiǎng gěi nǐ zuò zǎofàn," Zhīnǚ shuō. "Nǐ yào qù fàng niú, xūyào chī hǎo yīdiǎn."

Niúláng kànzhe Zhīnǚ zuòfàn, xīnlǐ hěn gāoxìng. Yǐqián tā zǒng shì yīgèrén chīfàn, xiànzài yǒurén hé tā yīqǐ chīfàn le.

Chī wán zǎofàn, Niúláng qù shānshàng fàng niú. Zhīnǚ zài jiāli zuòshì. Tā xuéhuì le zuò hěnduō shì: Zuòfàn, xǐ yīfu, dǎsǎo fángjiān. Tā zuò shénme dōu hěn rènzhēn.

老黄牛站在一边看着他们。它知道，织女说的是真的。在天上的时候，织女虽然什么都有，但是没有一个真正的家。现在，她找到了自己想要的生活。

结婚以后，牛郎和织女开始了他们的新生活。每天早上，天还没亮的时候，织女就起床了。

"你不用这么早起床，"牛郎说。

"我想给你做早饭，"织女说。"你要去放牛，需要吃好一点。"

牛郎看着织女做饭，心里很高兴。以前他总是一个人吃饭，现在有人和他一起吃饭了。

吃完早饭，牛郎去山上放牛。织女在家里做事。她学会了做很多事：做饭，洗衣服，打扫房间。她做什么都很认真。

Yǒu shíhou, Zhīnǚ yě huì qù shānshàng kàn Niúláng. Tā gěi Niúláng sòng wǔfàn, hé tā yīqǐ zuò zài shānshàng shuōhuà.

"Nǐ kàn," Zhīnǚ zhǐzhe tiānshàng shuō, "nàxiē yún shì wǒ yǐqián zhī de. Xiànzài shì biérén zài zhī, dànshì méiyǒu yǐqián piàoliang le."

Niúláng xiàozhe shuō, "Yīnwèi nǐ zhī de yún zuì piàoliang."

Lǎo huángniú zài pángbiān tīng tāmen shuōhuà, yě hěn gāoxìng. Tā zhīdào Niúláng xiànzài hěn kuàilè.

Cūnzi lǐ de rén dōu shuō," Zhīnǚ zhēnshi gè hǎorén. Tā zuò de fàn hào chī, shuōhuà yě hǎotīng."

"Shì a," dàjiā shuō, "Niúláng zhǎodào le yīgè hǎo qīzi."

Zhīnǚ yě hěn xǐhuān hé cūnzi lǐ de rén shuōhuà. Tā juéde zhèlǐ de shēnghuó bǐ tiānshàng de shēnghuó yǒuyìsi

有时候，织女也会去山上看牛郎。她给牛郎送午饭，和他一起坐在山上说话。

"你看，"织女指着天上说，"那些云是我以前织的。现在是别人在织，但是没有以前漂亮了。"

牛郎笑着说，"因为你织的云最漂亮。"

老黄牛在旁边听他们说话，也很高兴。它知道牛郎现在很快乐。

村子里的人都说，"织女真是个好人。她做的饭好吃，说话也好听。"

"是啊，"大家说，"牛郎找到了一个好妻子。"

织女也很喜欢和村子里的人说话。她觉得这里的生活比天上的生活有意思

duō le. Tiānshàng hěn ānjìng, yě hěn gūdú. Dànshì zài zhèlǐ, měitiān dōu yǒu xīnxiān de shìqing.

Wǎnshàng, tāmen zuòzhe kàn yuèliàng, Zhīnǚ gěi Niúláng zuò xīn yīfu.

"Zhīnǚ," Niúláng wèn, "nǐ xǐhuān zhèlǐ de shēnghuó ma? Nǐ xiǎng tiānshàng le ma?"

Zhīnǚ fàngxià shǒu lǐ de yīfu shuō, "Wǒ hěn xǐhuān zhèlǐ. Hé nǐ zài yīqǐ de měi yītiān wǒ dōu hěn kuàilè. Wǒ bùxiǎng huí tiānshàng."

Niúláng shuō, "Wǒ yěshì. Wǒ yǐqián juéde shēnghuó hěn nán, dàn xiànzài juéde měitiān dōu hěn yǒuyìsi."

Rìzi jiù zhèyàng yī tiāntian hěn ānjìng de guòqù. Tāmen de fángzi bù dà, dànshì hěn gānjìng. Suīrán tāmen méiyǒu hěnduō qián, dànshì měitiān dōu guò de hěn kuàilè.

多了。天上很安静，也很孤独。但是在这里，每天都有新鲜的事情。

晚上，他们坐着看月亮，织女给牛郎做新衣服。

"织女，"牛郎问，"你喜欢这里的生活吗？你想天上了吗？"

织女放下手里的衣服说，"我很喜欢这里。和你在一起的每一天我都很快乐。我不想回天上。"

牛郎说，"我也是。我以前觉得生活很难，但现在觉得每天都很有意思。"

日子就这样一天天很安静地过去。他们的房子不大，但是很干净。虽然他们没有很多钱，但是每天都过得很快乐。

Chūntiān lǐ, tāmen zhòng le hěnduō cài. Zhīnǚ shuō, "Zhèyàng wǒmen jiù yǒu zìjǐ de cài chī le."

Xiàtiān lái le, tiānqì hěn rè. Niúláng fàng niú de shíhou, Zhīnǚ huì gěi tā sòng lěngleng de xīguā.

Qiūtiān de shíhou, tāmen hé cūnzi lǐ de rén yīqǐ gōngzuò. Cūnzi lǐ de rén jiào Zhīnǚ bāo bāozi, zuò xiézi, qímǎ. Zhīnǚ dì yī cì zuò zhèxiē shì, juéde shénme dōu tèbié xīnxiān.

Dōngtiān, tiānqì biàn lěng le. Zhīnǚ gěi Niúláng zuò le xīn yīfu. Wǎnshàng, tāmen zuò zài yīqǐ, shūfú de liáotiān.

Lǎo huángniú kànzhe tāmen de shēnghuó, juéde hěn gāoxìng. Tā zhīdào zìjǐ bāng tāmen zài yīqǐ shì duì de. Niúláng hé Zhīnǚ de ài ràng zhège xiǎo cūnzi gèng měi le.

春天里，他们种了很多菜。织女说，"这样我们就有自己的菜吃了。"

夏天来了，天气很热。牛郎放牛的时候，织女会给他送冷冷的西瓜。

秋天的时候，他们和村子里的人一起工作。村子里的人教织女包包子、做鞋子、骑马。织女第一次做这些事，觉得什么都特别新鲜。

冬天，天气变冷了。织女给牛郎做了新衣服。晚上，他们坐在一起，舒服地聊天。

老黄牛看着他们的生活，觉得很高兴。它知道自己帮他们在一起是对的。牛郎和织女的爱让这个小村子更美了。

Dì Wǔ Zhāng: Pǔtōng De Shēnghuó

Chūntiān huílái le, gěi Niúláng hé Zhīnǚ de shēnghuó dài lái le biànhuà. Zhīnǚ de dùzi màn man dà le qǐlái, tā yào shēng háizi le.

"Nǐ xiànzài bùyào zuò tài duō shì le," Niúláng duì Zhīnǚ shuō, "yào hǎohao xiūxi."

Zhīnǚ bàozhe dùzǐ xiàozhe shuō, "Wǒ méishì, wǒ hái néng xiàng yǐqián yīyàng zuòshì."

Cūnzi lǐ de rén dōu lái bāngmáng. Dàjiā dōu shuō, "Zhīnǚ yào shēng háizi le, wǒmen yào bāng tā."

Yīgè lǎo āyí gàosù Zhīnǚ, "Nǐ yào duō hē shuǐ, duō chīfàn, zhèyàng háizi cáinéng zhǎng de jiànkāng."

Lìng yīgè āyí shuō, "Wǒ gěi nǐ zuò le dà yīdiǎn de yīfu, chuānzhe shūfú xiē."

第五章：普通的生活

春天回来了，给<u>牛郎</u>和<u>织女</u>的生活带来了变化。<u>织女</u>的肚子慢慢大了起来，她要生孩子了。

"你现在不要做太多事了，"<u>牛郎</u>对<u>织女</u>说，"要好好休息。"

<u>织女</u>抱着肚子笑着说，"我没事，我还能像以前一样做事。"

村子里的人都来帮忙。大家都说，"<u>织女</u>要生孩子了，我们要帮她。"

一个老阿姨告诉<u>织女</u>，"你要多喝水、多吃饭，这样孩子才能长得健康。"

另一个阿姨说，"我给你做了大一点的衣服，穿着舒服些。"

Niúláng qù shānshàng fàng niú de shíhou, dōu yào wèn lǎo huángniú, "Háizi huì shì nánhái háishì nǚhái?"

Lǎo huángniú shuō, "Bié zhāojí, hěn kuài jiù huì zhīdào le."

Yītiān wǎnshàng, Zhīnǚ juéde dùzi téng. Niúláng mǎshàng qù zhǎo cūnzi lǐ de rén bāngmáng.

"Bùyào pà," āyímen shuō, "shēng háizi jiùshì zhèyàng de."

Zhīnǚ tǎng zài chuángshàng, Niúláng zài wàimiàn děngzhe, tīngjiàn Zhīnǚ téng de dà jiào, tā xīnlǐ yě téng.

Guò le hěnjiǔ, fángjiān lǐ chūxiàn le háizi de kū shēng. Bùshì yīgè háizi, shì liǎnggè!

"Yīgè nánhái, yīgè nǚhái!" āyímen gāoxìng de shuō.

Niúláng jìnqù kàn Zhīnǚ hé háizi. Zhīnǚ suīrán hěn lèi, dànshì kàn qǐlái hěn gāoxìng. Liǎng gè xiǎo háizi de liǎn hónghong de, hěn piàoliang.

牛郎去山上放牛的时候，都要问老黄牛，"孩子会是男孩还是女孩？"

老黄牛说，"别着急，很快就会知道了。"

一天晚上，织女觉得肚子疼。牛郎马上去找村子里的人帮忙。

"不要怕，"阿姨们说，"生孩子就是这样的。"

织女躺在床上，牛郎在外面等着，听见织女疼得大叫，他心里也疼。

过了很久，房间里出现了孩子的哭声。不是一个孩子，是两个！

"一个男孩，一个女孩！"阿姨们高兴地说。

牛郎进去看织女和孩子。织女虽然很累，但是看起来很高兴。两个小孩子的脸红红的，很漂亮。

"Nǐ kàn," Zhīnǚ qīngqing de shuō, "tāmen duō kě'ài."

Niúláng kànzhe háizimen, kū le qǐlái, "Xièxie nǐ, Zhīnǚ."

Cūnzi lǐ de rén dōu lái kàn háizi. Dàjiā shuō, "Tāmen zhēn hǎokàn, xiàng tāmen de bàba māma."

Lǎo huángniú yě lái le, shuō, "Xiànzài nǐmen shì zhēnzhèng de yījiā rén le."

Zhīnǚ zuò zài chuángshàng. Tā kànkan háizi, yòu kànkan Niúláng, juéde zìjǐ zhēn de hěn kuàilè. Zài tiānshàng de shíhou, tā cónglái méiyǒu xiǎngguò zìjǐ huì yǒu zhèyàng de shēnghuó.

Niúláng wèn, "Háizi jiào shénme míngzì hǎo ne?"

"Nánhái jiào Xiǎo Xīng, nǚhái jiào Xiǎo Yuè, hǎobù hǎo? Zhèyàng tāmen jiù xiàng tiānshàng de xīngxing hé yuèliàng yīyàng piàoliang."

"你看，"织女轻轻地说，"他们多可爱。"

牛郎看着孩子们，哭了起来，"谢谢你，织女。"

村子里的人都来看孩子。大家说，"他们真好看，像他们的爸爸妈妈。"

老黄牛也来了，说，"现在你们是真正的一家人了。"

织女坐在床上。她看看孩子，又看看牛郎，觉得自己真的很快乐。在天上的时候，她从来没有想过自己会有这样的生活。

牛郎问，"孩子叫什么名字好呢？"

"男孩叫小星，女孩叫小月，好不好？这样他们就像天上的星星和月亮一样漂亮。"

"Tài hǎo le," Niúláng shuō.

Háizimen yītiāntian zhǎngdà le. Zhīnǚ jiāo tāmen shuōhuà, Niúláng jiāo tāmen zǒulù. Liǎng gè háizi dōu xué de hěn kuài.

"Bàba," Xiǎo Xīng zhǐzhe tiānshàng shuō, "nàxiē shì yún ma?"

"Shìde, nǐ māma yǐqián jiù zài tiānshàng zhī yún."

Xiǎo Yuè wèn, "Māma, tiānshàng shì shénme yàngzǐ de?"

Zhīnǚ bàozhe nǚ'ér huídá, "Tiānshàng hěn piàoliang, dànshì hé bàba, hé nǐmen zài yīqǐ gènghǎo."

Niúláng qù shānshàng de shíhou, liǎnggè háizi yě xiǎng qù.

"Wǒmen yě xiǎng qù fàng niú," tāmen shuō.

"Děng nǐmen zhǎng dà le zài qù." Niúláng shuō.

"太好了，"牛郎说。

孩子们一天天长大了。织女教他们说话，牛郎教他们走路。两个孩子都学得很快。

"爸爸，"小星指着天上说，"那些是云吗？"

"是的，你妈妈以前就在天上织云。"

小月问，"妈妈，天上是什么样子的？"

织女抱着女儿回答，"天上很漂亮，但是和爸爸、和你们在一起更好。"

牛郎去山上的时候，两个孩子也想去。

"我们也想去放牛，"他们说。

"等你们长大了再去。"牛郎说。

Zhīnǚ zài jiāli zuò fàn de shíhou, háizimen jiù zài pángbiān wán. Tāmen zuì xǐhuān tīng māma jiǎng tiānshàng de gùshi.

"Māma," Xiǎo Yuè shuō, "gěi wǒmen jiǎngjiang tiānshàng de gùshi ba."

Zhīnǚ gàosù tāmen, "Zài tiānshàng, yǒu hěnduō rén zhī yún. Tàiyáng chūlái de shíhou, dàjiā jiù kāishǐ gōngzuò."

Rìzi yītiāntian guòqù, Xiǎo Xīng hé Xiǎo Yuè yǐjīng zhǎng dà le, tāmen hěn cōngming, yě hěn jiànkāng, kěyǐ bāng bàba māma zuò yīxiē jiǎndān de shìqing le.

Yī tiān zǎoshang, Zhīnǚ zài jiào Xiǎo Yuè zuò yīfu.

"Māma, zhège tài nán le," Xiǎo Yuè shuō.

"Nǐ kàn," Zhīnǚ xiàozhe shuō, "xiàng zhèyàng, yī diǎn yī diǎn de lái."

Guò le yīhuǐ'er, Xiǎo Yuè gāoxìng de shuō, "Māma, nǐ kàn, wǒ xuéhuì le!"

织女在家里做饭的时候，孩子们就在旁边玩。他们最喜欢听妈妈讲天上的故事。

"妈妈，"小月说，"给我们讲讲天上的故事吧。"

织女告诉他们，"在天上，有很多人织云。太阳出来的时候，大家就开始工作。"

日子一天天过去，小星和小月已经长大了，他们很聪明，也很健康，可以帮爸爸妈妈做一些简单的事情了。

一天早上，织女在教小月做衣服。

"妈妈，这个太难了，"小月说。

"你看，"织女笑着说，"像这样，一点一点地来。"

过了一会儿，小月高兴地说，"妈妈，你看，我学会了！"

"Zhēn hǎo! Nǐ xué de zhēn kuài."

Zài wàimiàn, Niúláng zài jiāo Xiǎo Xīng fàng niú.

"Bàba, niú wèishénme yào chī zhème duō cǎo?"

"Yīnwèi tāmen yào zhǎng dà, jiù xiàng nǐ yào chīfàn yīyàng."

Lǎo huángniú zài kànzhe tāmen. Tā ràng tāmen zuò zài tā de bèi shàng.

"Bàba," Xiǎo Xīng shuō, "lǎo huángniú zhēn hǎo."

"Shì a," Niúláng huídá, "tā shì wǒmen zuì hǎo de péngyǒu. Rúguǒ méiyǒu tā, jiù méiyǒu wǒmen zhège jiā."

Wǎnshàng chīfàn de shíhou, háizimen jiǎngzhe tāmen de gùshi.

"Wǒ jīntiān xuéhuì zuò yīfu le!" Xiǎo Yuè shuō.

"真好！你学得真快。"

在外面，<u>牛郎</u>在教<u>小星</u>放牛。

"爸爸，牛为什么要吃这么多草？"

"因为它们要长大，就像你要吃饭一样。"

老黄牛在看着他们。它让他们坐在它的背上。

"爸爸，"<u>小星</u>说，"老黄牛真好。"

"是啊，"<u>牛郎</u>回答，"它是我们最好的朋友。如果没有它，就没有我们这个家。"

晚上吃饭的时候，孩子们讲着他们的故事。

"我今天学会做衣服了！"<u>小月</u>说。

"Bàba jiāo wǒ nǎxiē cǎo shì niú zuì xǐhuān chī de," Xiǎo Xīng yě shuō.

Zhīnǚ kànzhe tāmen, xīnlǐ hěn gāoxìng.

Línjū jiā de háizi huì lái wán. Tāmen de xiào shēng ràng yuànzǐ lǐ biàn de hěn rènao.

"Nǐ de háizi zhēn kě'ài," yīgè línjū āyí shuō, "zǒng shì bāngzhù biérén."

"Shì a, tāmen cóng cūnzi lǐ de rén nàlǐ xuéhuì le hěnduō."

Jìjié biànhuà. Chūntiān lǐ, tāmen zhòngcài. Xiàtiān lǐ, tāmen zài hébiān wán. Qiūtiān lǐ, tāmen kàn hóngyè. Dōngtiān lǐ, tāmen wán xuěrén.

Měitiān wǎnshàng, Zhīnǚ dōuhuì jiǎng tiānshàng hé rénjiān de gùshi.

"Māma," Xiǎo Yuè wèn, "nǐ xiǎng tiānshàng ma?"

"爸爸教我哪些草是牛最喜欢吃的，"小星也说。

织女看着他们，心里很高兴。

邻居家的孩子会来玩。他们的笑声让院子里变得很热闹。

"你的孩子真可爱，"一个邻居阿姨说，"总是帮助别人。"

"是啊，他们从村子里的人那里学会了很多。"

季节变化。春天里，他们种菜。夏天里，他们在河边玩。秋天里，他们看红叶。冬天里，他们玩雪人。

每天晚上，织女都会讲天上和人间的故事。

"妈妈，"小月问，"你想天上吗？"

"Bùxiǎng. Wǒ yǒu nǐmen de bàba, yǒu nǐmen liǎng gè, hái yǒu hěnduō hǎo péngyǒu zài zhèlǐ, wǒ hěn kuàilè."

Xiǎo Xīng shuō, "Nà nǐ huì líkāi wǒmen ma?"

"Bù huì de. Wǒ huì yīzhí hé nǐmen zài yīqǐ."

Dànshì tā bù zhīdào, tiānshàng de rén yǐjīng zhīdào le tā zài rénjiān de shēnghuó. Yīgè dà biànhuà jiù yào lái le.

"不想。我有你们的爸爸，有你们两个，还有很多好朋友在这里，我很快乐。"

<u>小星</u>说，"那你会离开我们吗？"

"不会的。我会一直和你们在一起。"

但是她不知道，天上的人已经知道了她在人间的生活。一个大变化就要来了。

Dì Liù Zhāng: Tiānshàng De Juédìng

Zài tiānshàng de dà fángjiān lǐ, tiānshàng de lǎorénmen zhèngzài kāihuì. Yún Lǎo kuài bù zǒu le jìnlái.

"Duìbùqǐ," Yún Lǎo shuō, "wǒ yǒuyī jiàn fēicháng zhòngyào de shì yào gàosù dàjiā."

Yùhuáng Dàdì wèn, "Shénme shì? Nǐ kàn qǐlái hěn zháo jí."

Yún Lǎo dīshēng shuō, "Shì guānyú Zhīnǚ de shì. Wǒmen zhōngyú zhǎodào tā le."

Dàjiā dōu zhàn le qǐlái. Yùhuáng Dàdì wèn, "Tā zài nǎlǐ? Guòqù zhè yī nián tā zài zuò shénme?"

"Tā zài rénjiān," Yún Lǎo huídá, "tā hé yīgè jiào Niúláng de niánqīngrén jiéhūn le, tāmen zài yīqǐ shēnghuó, érqiě yǐjīng yǒu le liǎng gè háizi."

第六章：天上的决定

在天上的大房间里，天上的老人们正在开会。<u>云老</u>快步走了进来。

"对不起，"<u>云老</u>说，"我有一件非常重要的事要告诉大家。"

<u>玉皇大帝</u>[4]问，"什么事？你看起来很着急。"

<u>云老</u>低声说，"是关于<u>织女</u>的事。我们终于找到她了。"

大家都站了起来。<u>玉皇大帝</u>问，"她在哪里？过去这一年她在做什么？"

"她在人间，"<u>云老</u>回答，"她和一个叫<u>牛郎</u>的年轻人结婚了，他们在一起生活，而且已经有了两个孩子。"

---

[4] 玉皇大帝　　Yùhuáng Dàdì – the Jade Emperor, the supreme deity in Chinese mythology

"Shénme?" dàjiā dōu juéde hěn tūrán. "Zhè zěnme kěnéng? Suīrán tā yǐqián jīngcháng kàn xiàmiàn de rénjiān, dànshì wǒmen méi xiǎngdào tā huì zhēnde qù nàlǐ shēnghuó."

Wángmǔ Niángniang tīngdào tāmen shuō dehuà, zǒu le jìnlái. Tā kàn qǐlái fēicháng shēngqì.

"Zhīnǚ xiànzài zài nǎlǐ?" Wángmǔ Niángniang wèn.

Yún Lǎo huídá, "Zài yīgè xiǎo cūnzi lǐ. Tā hé nàgè niánqīngrén shēnghuó de hěn kuàilè, tāmen de háizi yě hěn kě'ài."

"Zhè shì bù kěyǐ de!" Wángmǔ Niángniang shēngqì de shuō, "tā yīnggāi zài tiānshàng. Méiyǒu tā, wǒmen de yún dōu bù piàoliang le."

Dàjiā dōu tóngyì, "Shì de, Zhīnǚ líkāi yǐhòu, gōngzuò biàn de bù yīyàng le."

"什么？"大家都觉得很突然。"这怎么可能？虽然她以前经常看下面的人间，但是我们没想到她会真的去那里生活。"

王母娘娘[5]听到他们说的话，走了进来。她看起来非常生气。

"织女现在在哪里？"王母娘娘问。

云老回答，"在一个小村子里。她和那个年轻人生活得很快乐，他们的孩子也很可爱。"

"这是不可以的！"王母娘娘生气地说，"她应该在天上。没有她，我们的云都不漂亮了。"

大家都同意，"是的，织女离开以后，工作变得不一样了。"

---

[5] 王母娘娘　　　Wángmǔ Niángniang – Queen Mother of the West, the supreme female deity in Chinese mythology, ruling the heavenly realm alongside the Jade Emperor

"Suǒyǐ," Wángmǔ Niángniang yòu shuō, "wǒmen bìxū bǎ Zhīnǚ dài huílái. Tā shì wǒmen zuì hǎo de gōngrén, qítā rén dōu méiyǒu tā zuò de hǎo. Érqiě tā zǒu le yǐhòu, qítā rén de gōngzuò yě bù rènzhēn le."

Yún Lǎo xiǎoxīn de shuō, "Dànshì, xiànzài Zhīnǚ yǐjīng yǒu le zìjǐ de jiā, yǒu le háizi."

"Nà bù zhòngyào!" Wángmǔ Niángniang shēngqì de shuō. "Tiānshàng de rén jiù yīnggāi zài tiānshàng. Kànkan zhèxiē yún, yīdiǎn er yě bù hǎokàn."

Yùhuáng Dàdì xiǎng le xiǎng shuō, "Shì de, Zhīnǚ shì tiānshàng zuì hǎo de gōngrén. Suīrán tā zài rénjiān hěn kuàilè, dàn zhèyàng shì bùduì de."

Wángmǔ Niángniang juédìng, "Wǒ míngtiān jiù qù bǎ tā dài huílái."

"Nà háizimen zěnme bàn?" Yún Lǎo wèn.

"所以，"王母娘娘又说，"我们必须把织女带回来。她是我们最好的工人，其他人都没有她做得好。而且她走了以后，其他人的工作也不认真了。"

云老小心地说，"但是，现在织女已经有了自己的家，有了孩子。"

"那不重要！"王母娘娘生气地说。"天上的人就应该在天上。看看这些云，一点儿也不好看。"

玉皇大帝想了想说，"是的，织女是天上最好的工人。虽然她在人间很快乐，但这样是不对的。"

王母娘娘决定，"我明天就去把她带回来。"

"那孩子们怎么办？"云老问。

"Nà shì rénjiān de shì," Wángmǔ Niángniang lěng lěng de shuō. "Duì wǒmen lái shuō, zuì zhòngyào de shì ràng Zhīnǚ huílái gōngzuò."

Yún Lǎo dīzhe tóu zǒu le chūqù. Tā zhīdào Zhīnǚ zài xiàmiàn shēnghuó de hěn kuàilè, dànshì tā bāng bùliǎo tā.

Dì èr tiān zǎoshang, tiān hái méiyǒu liàng. Zhīnǚ zhèngzài zuò zǎofàn. Tā kànzhe hái zài shuìjiào de háizimen, juéde tāmen tèbié kě'ài.

Tūrán, tā juéde yǒu shénme bùduì. Tā zǒu dào wàimiàn, kàn dào tiānshàng de hēi yún.

"Chū shénme shì le?" Zhīnǚ wèn zìjǐ. Tā de xīntiào de hěn kuài.

Zhè shí, Xiǎo Xīng hé Xiǎo Yuè qǐchuáng le.

"Māma," Xiǎo Yuè shuō, "jīntiān de tiānqì hào qíguài a."

"那是人间的事，"王母娘娘冷冷地说。"对我们来说，最重要的是让织女回来工作。"

云老低着头走了出去。他知道织女在下面生活得很快乐，但是他帮不了她。

第二天早上，天还没有亮。织女正在做早饭。她看着还在睡觉的孩子们，觉得他们特别可爱。

突然，她觉得有什么不对。她走到外面，看到天上的黑云。

"出什么事了？"织女问自己。她的心跳得很快。

这时，小星和小月起床了。

"妈妈，"小月说，"今天的天气好奇怪啊。"

Zhīnǚ kānzhe tiān shuō, "Shì de." Tā kāishǐ dānxīn qǐlái.

Niúláng yě qǐchuáng le, zǒu le chūlái.

"Zhīnǚ, nǐ zěnme le?" tā wèn.

Zhīnǚ zhuǎnguò shēn, bào zhù Niúláng, "wǒ juéde kěnéng yào chūshì le."

"Nǐ shì shénme yìsi?" Niúláng wèn.

Jiù zài zhè shí, tiānshàng chūxiàn le hěn dà de shēngyīn. Yīdào liàngguāng zhào xiàlái, Wángmǔ Niángniang tūrán chūxiàn zài tāmen miànqián.

Wángmǔ Niángniang kànzhe Zhīnǚ shuō, "Zhīnǚ, nǐ zhīdào zìjǐ zuò cuò le shénme ma?"

Zhīnǚ hěn hàipà. Dàn tā háishì zhàn zài Niúláng hé háizimen qiánmian shuō, "Wǒ méiyǒu zuò cuò shénme. Wǒ zhǐshì zhǎodào le zìjǐ xiǎng yào de shēnghuó."

织女看着天说，"是的。"她开始担心起来。

牛郎也起床了，走了出来。

"织女，你怎么了？"他问。

织女转过身，抱住牛郎，"我觉得可能要出事了。"

"你是什么意思？"牛郎问。

就在这时，天上出现了很大的声音。一道亮光照下来，王母娘娘突然出现在他们面前。

王母娘娘看着织女说，"织女，你知道自己做错了什么吗？"

织女很害怕。但她还是站在牛郎和孩子们前面说，"我没有做错什么。我只是找到了自己想要的生活。"

"Nǐ shì tiānshàng de rén, yīnggāi zài tiānshàng!" Wángmǔ Niángniang shēngqì de shuō. "Érqiě nǐ dōu méiyǒu qǐngjià! Kànkan wǒmen de yún, dōu bù piàoliang le. Měi gèrén dōu bù rènzhēn gōngzuò le."

Xiǎo Xīng hé Xiǎo Yuè hàipà de zhàn zài bàba māma hòumiàn.

"Māma," Xiǎo Yuè xiǎoshēng de shuō.

Zhīnǚ bào zhù tā de háizi, "Qǐng ràng wǒ liú xiàlái. Wǒ xiànzài yǒu le jiā."

"Bù kěyǐ!" Wángmǔ Niángniang bù tóngyì. "Nǐ bìxū huíqu. Nǐ méiyǒu qítā de xuǎnzé."

Niúláng zhàn chūlái shuō, "Qǐng nín bùyào dài zǒu Zhīnǚ. Wǒmen huì hǎohǎo gōngzuò."

Wángmǔ Niángniang zhǐzhe Zhīnǚ. Yīdào liàngguāng zhào zài Zhīnǚ shēnshang.

"Bùyào!" Zhīnǚ dàshēng hǎnzhe. Dànshì, tā de shēntǐ kāishǐ màn man de líkāi dìmiàn.

"你是天上的人，应该在天上！"王母娘娘生气地说。"而且你都没有请假！看看我们的云，都不漂亮了。每个人都不认真工作了。"

小星和小月害怕地站在爸爸妈妈后面。

"妈妈，"小月小声地说。

织女抱住她的孩子，"请让我留下来。我现在有了家。"

"不可以！"王母娘娘不同意。"你必须回去。你没有其他的选择。"

牛郎站出来说，"请您不要带走织女。我们会好好工作。"

王母娘娘指着织女。一道亮光照在织女身上。

"不要！"织女大声喊着。但是，她的身体开始慢慢地离开地面。

"Māma!" Xiǎo Xīng hé Xiǎo Yuè xiǎng yào qù bào Zhīnǚ, dànshì bào bù dào.

Niúláng yě xiǎng lā zhù Zhīnǚ de shǒu, dànshì tā lí de yuè lái yuè yuǎn.

"Zhīnǚ!" Niúláng dà jiào.

Zhīnǚ kūzhe hǎnzhe, "Hǎohǎo zhàogù wǒmen de háizi. Wǒ yīdìng huì xiǎng bànfǎ huílái de!"

Zhè shí, lǎo huángniú kuài pǎo le guòlai. Tā duì Niúláng shuō, "Kuài qù zhǎo Zhīnǚ de yīfu! Jiùshì tā dì yī cì lái de shíhou chuān de yīfu. Tā néng bǎ nǐ dài dào tiānshàng qù!"

Niúláng zhǎodào le Zhīnǚ de yīfu, chuān shàng le yīfu, bào qǐ liǎng gè háizi.

"Bàba," Xiǎo Xīng shuō, "wǒmen yīdìng yào zhǎodào māma!"

"Kuài zuò dào wǒ de bèi shàng," lǎo huángniú shuō, "zhè shì wǒ zuìhòu néng bāng nǐmen de shì le."

"妈妈！"小星和小月想要去抱织女，但是抱不到。

牛郎也想拉住织女的手，但是她离得越来越远。

"织女！"牛郎大叫。

织女哭着喊着，"好好照顾我们的孩子。我一定会想办法回来的！"

这时，老黄牛快跑了过来。它对牛郎说，"快去找织女的衣服！就是她第一次来的时候穿的衣服。它能把你带到天上去！"

牛郎找到了织女的衣服，穿上了衣服，抱起两个孩子。

"爸爸，"小星说，"我们一定要找到妈妈！"

"快坐到我的背上，"老黄牛说，"这是我最后能帮你们的事了。"

Tāmen zuò dào lǎo huángniú de bèi shàng. Lǎo huángniú yòng zuìhòu de lìqì tiào le qǐlái, xiàngzhe tiānshàng fēi qù.

"Zhīnǚ!" Niúláng dà jiào, "wǒmen lái le!"

Wángmǔ Niángniang fēicháng shēngqì. Tā ná chū yī gēn cháng cháng de zhēn, zài tiānshàng huà le yītiáo cháng cháng de xiàn.

Tiānshàng chūxiàn le yītiáo hěn dà, hěn dà de hé. Hé lǐ de shuǐ yuè lái yuè gāo, bǎ tiān fèn chéng le liǎngbiān.

Zhīnǚ zhàn zài hé de yībiān, Niúláng hé háizimen zhàn zài hé de lìng yībiān.

"Zhīnǚ!" Niúláng xiǎngguò hé, dànshì héshuǐ tài dà le.

"Niúláng!" Zhīnǚ yě zǒu bù guòqù.

Háizimen zài hé biān kū, "Māma! Māma! Wǒmen xiǎng qù zhǎo nǐ!"

他们坐到老黄牛的背上。老黄牛用最后的力气跳了起来，向着天上飞去。

"织女！"牛郎大叫，"我们来了！"

王母娘娘非常生气。她拿出一根长长的针，在天上画了一条长长的线。

天上出现了一条很大、很大的河。河里的水越来越高，把天分成了两边。

织女站在河的一边，牛郎和孩子们站在河的另一边。

"织女！"牛郎想过河，但是河水太大了。

"牛郎！"织女也走不过去。

孩子们在河边哭，"妈妈！妈妈！我们想去找你！"

Zhīnǚ kūzhe shuō, "Háizimen, yào tīng bàba dehuà.
Wǒ huì xiǎng nǐmen de! Wǒ yīdìng huì xiǎng bànfǎ
de!"

Lǎo huángniú zuìhòu kàn le kàn Niúláng shuō,
"Duìbùqǐ, wǒ bāng bùliǎo nǐmen le. Dànshì, yěxǔ
yǒu yītiān, yǒurén huì bāngzhù nǐmen."

Shuō wán, lǎo huángniú jiù tǎng zài dìshàng, zài yě
zhàn bù qǐlái le.

Wángmǔ Niángniang shuō, "Nǐmen bù kěnéng guò
zhè tiáo hé de. Zhīnǚ bìxū liú zài tiānshàng gōngzuò.
Xiànzài huíqu ba."

Niúláng bàozhe hái zài kū de háizimen, kànzhe
tiānhé nà biān de Zhīnǚ. Tāmen kuàilè de shēnghuó
jiù zhèyàng jiéshù le.

织女哭着说，"孩子们，要听爸爸的话。我会想你们的！我一定会想办法的！"

老黄牛最后看了看牛郎说，"对不起，我帮不了你们了。但是，也许有一天，有人会帮助你们。"

说完，老黄牛就躺在地上，再也站不起来了。

王母娘娘说，"你们不可能过这条河的。织女必须留在天上工作。现在回去吧。"

牛郎抱着还在哭的孩子们，看着天河那边的织女。他们快乐的生活就这样结束了。

Dì Qī Zhāng: Fēnlí

Tiānshàng dōu shì hēi yún, fēng guā de hěn dà. Tiānhé biān, Niúláng bàozhe liǎng gè háizi, kànzhe tiān hé nà biān de Zhīnǚ, xīnlǐ fēicháng nánguò.

"Bàba," Xiǎo Xīng hé Xiǎo Yuè kūzhe shuō, "wǒmen zhēn de zhǎo bù dào māma le ma?"

Niúláng bàozhe háizimen, "Bùyào kū. Wǒmen yīdìng huì zhǎodào bànfǎ de."

Zhèshí, tiānshànglái le gèng duō de rén. Tāmen duì Zhīnǚ shuō, "Zhīnǚ, nǐ xiànzài yào huíqu gōngzuò le."

Zhīnǚ zhàn zài tiān hé biān shàng, kànzhe tā de jiārén, shuō, "Duìbùqǐ, dōu shì wǒ de cuò. Wǒ bù yìng gāi cóng tiān shàng líkāi."

"Bùshì de!" Niúláng dàshēng shuō. "Nǐ méiyǒu cuò. Wǒmen zài yīqǐ hěn kuàilè, duì bùduì?"

第七章：分离

天上都是黑云，风刮得很大。天河边，牛郎抱着两个孩子，看着天河那边的织女，心里非常难过。

"爸爸，"小星和小月哭着说，"我们真的找不到妈妈了吗？"

牛郎抱着孩子们，"不要哭。我们一定会找到办法的。"

这时，天上来了更多的人。他们对织女说，"织女，你现在要回去工作了。"

织女站在天河边上，看着她的家人，说，"对不起，都是我的错。我不应该从天上离开。"

"不是的！"牛郎大声说。"你没有错。我们在一起很快乐，对不对？"

"Bié shuō le!" Wángmǔ Niángniang shēngqì de shuō. "Zhīnǚ, guòlai."

Zhīnǚ kàn le tā de jiārén zuìhòu yī yǎn. Zhè shí, Xiǎo Xīng tūrán pǎo dào tiān hé biān shàng.

"Māma!" Xiǎo Xīng dàshēng hǎn, "bùyào zǒu! Wǒmen huì xiǎng nǐ de!"

Xiǎo Yuè yě pǎo guòqù, "Māma, qǐng nǐ liú xiàlái! Wǒmen huì tīnghuà de!"

Tīng dào háizimen de huà, Zhīnǚ kūzhe duì Wángmǔ Niángniang shuō, "Qǐng ràng wǒ liú xiàlái. Wǒ de háizimen hái zhème xiǎo."

"Bùxíng!" Wángmǔ Niángniang háishì bù tóngyì. "Nǐ shì tiānshàng de rén, jiù yào tīng tiānshàng dehuà."

Zhè shí, lǎo huángniú suīrán hěn lèi, dàn háishì nǔlì shuō, "Kěshì, Zhīnǚ xiànzài shì pǔtōng rén de qīzi, shì háizi de māma."

"别说了！"<u>王母娘娘</u>生气地说。"<u>织女</u>，过来。"

<u>织女</u>看了她的家人最后一眼。这时，<u>小星</u>突然跑到天河边上。

"妈妈！"<u>小星</u>大声喊，"不要走！我们会想你的！"

<u>小月</u>也跑过去，"妈妈，请你留下来！我们会听话的！"

听到孩子们的话，<u>织女</u>哭着对<u>王母娘娘</u>说，"请让我留下来。我的孩子们还这么小。"

"不行！"<u>王母娘娘</u>还是不同意。"你是天上的人，就要听天上的话。"

这时，老黄牛虽然很累，但还是努力说，"可是,<u>织女</u>现在是普通人的妻子，是孩子的妈妈。"

Wángmǔ Niángniang zhuǎnshēn kànzhe lǎo huángniú shuō, "Nǐ zhè tóu niú, bù yìng gāi guānxīn tiānshàng de shì! Zhè shì dōu shì yīnwèi nǐ."

Wángmǔ Niángniang tái qǐ shǒu. Yīdào liàngguāng zhào zài lǎo huángniú shēnshang.

"Bùyào!" Niúláng dà jiào. Dànshì yǐjīng wǎn le.

Lǎo huángniú dǎo zài dìshàng, kànzhe Niúláng shuō, "Duìbùqǐ, wǒ zài yě bāng bùliǎo nǐmen le. Dànshì nǐ yào jìdé, zhǐyào shi zhēnzhèng de ài, jiù yīdìng huì yǒu bànfǎ de."

Shuō wán zhè jù huà, lǎo huángniú jiù biàn chéng le yīkuài shítou.

"Lǎo huángniú!" Niúláng bào zhù nà kuài shítou, dà kū qǐlái. Shì lǎo huángniú bāng tā zhǎodào le Zhīnǚ, tā yīzhí shì tāmen zhòngyào de jiārén hé péngyǒu.

王母娘娘转身看着老黄牛说，"你这头牛，不应该关心天上的事！这事都是因为你。"

王母娘娘抬起手。一道亮光照在老黄牛身上。

"不要！"牛郎大叫。但是已经晚了。

老黄牛倒在地上，看着牛郎说，"对不起，我再也帮不了你们了。但是你要记得，只要是真正的爱，就一定会有办法的。"

说完这句话，老黄牛就变成了一块石头。

"老黄牛！"牛郎抱住那块石头，大哭起来。是老黄牛帮他找到了织女，他一直是他们重要的家人和朋友。

"Wèishénme huì zhèyàng?" Zhīnǚ kūzhe shuō. "Lǎo huángniú shì wǒmen zuì hǎo de péngyǒu."

"Zhè jiùshì yīnwèi nǐ bù tīnghuà," Wángmǔ Niángniang shuō. "Zǒu ba!"

Tiānshàng kāishǐ xià yǔ le. Zhīnǚ de shēntǐ kāishǐ fā liàng, mànman líkāi le dìmiàn.

"Zhīnǚ!" Niúláng bàozhe háizimen, xiǎng yào gēnzhe tā, dànshì tiānhé de shuǐ tài dà le.

"Niúláng!" Zhīnǚ de shēngyīn yuè lái yuè yuǎn. "Zhàogù hǎo wǒmen de háizi! Wǒ huì xiǎng bànfǎ huílái de!"

Jiù zhèyàng, Zhīnǚ bèi dài huí le tiānshàng. Niúláng hé liǎng gè háizi kànzhe Zhīnǚ zài yún lǐ bùjiàn le.

Lǎo huángniú biàn chéng de nà kuài shítou, ānjìng de kànzhe zhège nánguò de yījiā. Tiānshàng de yún dōu biàn chéng le huīsè, hǎoxiàng yě zài wèi tāmen nánguò.

"为什么会这样？"织女哭着说。"老黄牛是我们最好的朋友。"

"这就是因为你不听话，"王母娘娘说。"走吧！"

天上开始下雨了。织女的身体开始发亮，慢慢离开了地面。

"织女！"牛郎抱着孩子们，想要跟着她，但是天河的水太大了。

"牛郎！"织女的声音越来越远。"照顾好我们的孩子！我会想办法回来的！"

就这样，织女被带回了天上。牛郎和两个孩子看着织女在云里不见了。

老黄牛变成的那块石头，安静地看着这个难过的一家。天上的云都变成了灰色，好像也在为他们难过。

Wángmǔ Niángniang dàizhe Zhīnǔ wǎng tiānshàng zǒu. Zhīnǔ bù tíng de huítóu kàn tā de jiārén, yīzhí dào kàn bùjiàn tāmen.

Niúláng zhàn zài tiān hé biān shàng, kànzhe Zhīnǔ líkāi de dìfang. Xiǎo Xīng hé Xiǎo Yuè hái zài kū, tāmen bù míngbai wèishénme Māma yào líkāi.

"Bàba," Xiǎo Yuè lāzhe Niúláng de shǒu shuō, "wǒmen huí jiā ba, Māma kěnéng huì huílái de."

"Bù," Niúláng qīngqing de shuō, "wǒmen yīdìng yào xiǎng bànfǎ."

Zhè shí, lǎo huángniú biàn chéng de shítou zài fāguāng. Niúláng mōzhe nà kuài shítou, tā tīngjiàn lǎo huángniú zuìhòu de huà, "Niúláng, yòng wǒ de pí. Tā kěyǐ bāng nǐmen fēi qǐlái."

Niúláng míngbai le. Tā mǎshàng yòng lǎo huángniú de pí zuò le liǎng gè dà bāo.

王母娘娘带着织女往天上走。织女不停地回头看她的家人，一直到看不见他们。

牛郎站在天河边上，看着织女离开的地方。小星和小月还在哭，他们不明白为什么妈妈要离开。

"爸爸，"小月拉着牛郎的手说，"我们回家吧，妈妈可能会回来的。"

"不，"牛郎轻轻地说，"我们一定要想办法。"

这时，老黄牛变成的石头在发光。牛郎摸着那块石头，他听见老黄牛最后的话，"牛郎，用我的皮。它可以帮你们飞起来。"

牛郎明白了。他马上用老黄牛的皮做了两个大包。

"Xiǎo Xīng, Xiǎo Yuè," Niúláng shuō, "wǒmen xiànzài jiù qù zhǎo nǐmen de māma. Nǐmen yào zuò hǎo."

Liǎng gè háizi diǎndiǎn tóu. Niúláng hé háizimen zuò jìn bāo lǐ yǐhòu, tāmen mànman de fēi le qǐlái.

Tiānshàng de rén kànjiàn le tāmen, "Kuài kàn! Nàgè Niúláng dàizhe tā de háizi fēi lái le!"

Wángmǔ Niángniang gèng shēngqì le. Tā duì Zhīnǚ shuō, "Kànkan tāmen, hái yào jìxù zhèyàng zuò."

Zhīnǚ kānjiàn le tāmen, yòu gāoxìng yòu hàipà, "Kuài huíqu! Zhèlǐ tài wéixiǎn le!"

Dànshì Niúláng hái zài wǎng shàng fēi.

"Bùxíng! Tāmen bùnéng shànglái." Wángmǔ Niángniang yòu yòng tā de zhēn zài tiānshàng yī huà.

Tiānhé biàn de gèng dà le, hé de zhè biān hé nà biān lí dé gèng yuǎn le.

"小星，小月，"牛郎说，"我们现在就去找你们的妈妈。你们要坐好。"

两个孩子点点头。牛郎和孩子们坐进包里以后，他们慢慢地飞了起来。

天上的人看见了他们，"快看！那个牛郎带着他的孩子飞来了！"

王母娘娘更生气了。她对织女说，"看看他们，还要继续这样做。"

织女看见了他们，又高兴又害怕，"快回去！这里太危险了！"

但是牛郎还在往上飞。

"不行！他们不能上来。"王母娘娘又用她的针在天上一画。

天河变得更大了，河的这边和那边离得更远了。

"Niúláng!" Zhīnǔ dà jiào, "héshuǐ yuè lái yuè wéixiǎn le!"

"Wǒmen yīdìng yào zài yīqǐ!"

Tiānshàng kāishǐ xià dàyǔ, guā dàfēng. Niúláng hé háizimen fēi de yuè lái yuè màn.

"Bàba, wǒ hàipà," Xiǎo Yuè shuō.

"Bùyào pà," Niúláng shuō. "Wǒmen yīdìng yào qù zhǎo Māma."

Dànshì tiānhé de shuǐ tài dà le. Niúláng kànkan háizimen, yòu kànkan Zhīnǔ, tā zhīdào tāmen bùnéng zài fēi le.

"Zhīnǔ," Niúláng dàshēng shuō, "wǒmen yīdìng huì zài jiànmiàn de!"

Zhīnǔ kānzhe tā zuì ài de jiārén, dà kū qǐlái. Wángmǔ Niángniang lěnglěng de shuō, "Tāmen bùnéng guòlai le. Zǒu ba."

"牛郎！"织女大叫，"河水越来越危险了！"

"我们一定要在一起！"

天上开始下大雨，刮大风。牛郎和孩子们飞得越来越慢。

"爸爸，我害怕，"小月说。

"不要怕，"牛郎说。"我们一定要去找妈妈。"

但是天河的水太大了。牛郎看看孩子们，又看看织女，他知道他们不能再飞了。

"织女，"牛郎大声说，"我们一定会再见面的！"

织女看着她最爱的家人，大哭起来。王母娘娘冷冷地说，"他们不能过来了。走吧。"

Niúláng dàizhe háizimen mànman de fēi huí dìshàng. Tāmen zuò zài lǎo huángniú biàn chéng de shítou pángbiān, kànzhe tiānshàng.

"Bàba," Xiǎo Xīng wèn, "wǒmen hái néng jiàn dào Māma ma?"

"Huì de," Niúláng bàozhe tāmen shuō. "Wǒmen yīdìng huì zhǎodào bànfǎ de."

"Māma yīdìng yě hěn nánguò ba." Xiǎo Yuè kànzhe tiānshàng shuō.

Tūrán, tiānshàng de yún biàn chéng le yī duǒ piàoliang de huā. Niúláng zhīdào, nà shì Zhīnǚ zài gàosù tāmen, tā yě zài xiǎng tāmen.

Wǎnshàng, tāmen huí dào le tāmen ānjìng de jiā. Yīnwèi Zhīnǚ de líkāi, jiāli shénme dōu biàn de bù yīyàng le. Tā zuòfàn de dìfang, tā xiūxi de dìfang, tā hé háizimen yīqǐ wán de dìfang. Xiànzài dōu shì kōngkōng de.

牛郎带着孩子们慢慢地飞回地上。他们坐在老黄牛变成的石头旁边，看着天上。

"爸爸，"小星问，"我们还能见到妈妈吗？"

"会的，"牛郎抱着他们说。"我们一定会找到办法的。"

"妈妈一定也很难过吧。"小月看着天上说。

突然，天上的云变成了一朵漂亮的花。牛郎知道，那是织女在告诉他们，她也在想他们。

晚上，他们回到了他们安静的家。因为织女的离开，家里什么都变得不一样了。她做饭的地方，她休息的地方，她和孩子们一起玩的地方。现在都是空空的。

Cóng nèitiān kāishǐ, Niúláng hé háizimen měitiān dōu qù tiān hé biān. Tāmen xīwàng kěyǐ zài jiàndào Zhīnǚ. Zhīnǚ yě měitiān lái dào tiān hé biān, kànzhe xiàmiàn de jiārén.

Suīrán tiānshàng hé rénjiān bǎ tāmen fēnkāi le, dànshì tāmen de xīn lián zài yīqǐ.

从那天开始，<u>牛郎</u>和孩子们每天都去天河边。他们希望可以再见到<u>织女</u>。<u>织女</u>也每天来到天河边，看着下面的家人。

虽然天上和人间把他们分开了，但是他们的心连在一起。

Dì Bā Zhāng: Tiānhé

Tiānliàng le, dànshì Niúláng hé háizimen de xīnlǐ háishì hěn nánguò. Tāmen měitiān dōu lái dào tiānhé biān, xiǎng kànkan tiānshàng de Zhīnǚ.

"Bàba," Xiǎo Xīng wèn, "wèishénme tiānhé zhème dà?"

Niúláng mō zhe erzǐ de tóu shuō,"Zhè shì tiānshàng de hé. Wángmǔ Niángniang ràng tiānhé biàn de hěn dà, bù ràng wǒmen guòqù."

Xiǎo Yuè kànzhe tiānshàng shuō, "Māma xiànzài zài zuò shénme? Tā huì xiǎng wǒmen ma?"

"Huì de," Niúláng shuō, "Māma hěn xiǎng wǒmen. Nǐ kàn tiānshàng de yún, méiyǒu yǐqián nàme piàoliang le, yīnwèi Māma xīnlǐ hěn nánguò."

Zài tiān hé de lìng yībiān, Zhīnǚ měitiān lái kàn tāmen. Kànzhe xiàmiàn de zhàngfū hé háizi, tā xīnlǐ hěn téng.

第八章：天河

天亮了，但是<u>牛郎</u>和孩子们的心里还是很难过。他们每天都来到天河边，想看看天上的<u>织女</u>。

"爸爸，"<u>小星</u>问，"为什么天河这么大？"

<u>牛郎</u>摸着儿子的头说，"这是天上的河。<u>王母娘娘</u>让天河变得很大，不让我们过去。"

<u>小月</u>看着天上说，"妈妈现在在做什么？她会想我们吗？"

"会的，"<u>牛郎</u>说，"妈妈很想我们。你看天上的云，没有以前那么漂亮了，因为妈妈心里很难过。"

在天河的另一边，<u>织女</u>每天来看他们。看着下面的丈夫和孩子，她心里很疼。

"Zhīnǚ," Yún Lǎo zǒu guòlai shuō, "nǐ bìxū qù gōngzuò le."

"Wǒ zhīdào," Zhīnǚ dī shēng huídá. "Dànshì qǐng ràng wǒ zài kàn yīhuǐ'er. Wǒ de háizimen hái zhème xiǎo, tāmen xūyào Māma."

"Wǒ míngbai," Yún Lǎo shuō. "Dànshì zài tiānshàng, wǒmen yīnggāi rènzhēn gōngzuò. Nǐ kàn, xiànzài de yún dōu bù piàoliang le, dàjiā dōu zài děng nǐ huíqu gōngzuò ne."

Zhīnǚ mànman de zhàn qǐlái, kànzhe xiàmiàn de rén shuō, "Niúláng, hǎohǎo zhàogù wǒmen de háizi. Xiǎo Xīng hé Xiǎo Yuè, nǐmen yào tīng nǐmen bàba dehuà."

Suīrán Niúláng hé háizimen tīng bù dào, dànshì tāmen hǎoxiàng zhīdào Māma zài shuōhuà. Liǎng gè háizi duìzhe tiānshàng jiào, "Māma!"

"织女，"云老走过来说，"你必须去工作了。"

"我知道，"织女低声回答。"但是请让我再看一会儿。我的孩子们还这么小，他们需要妈妈。"

"我明白，"云老说。"但是在天上，我们应该认真工作。你看，现在的云都不漂亮了，大家都在等你回去工作呢。"

织女慢慢地站起来，看着下面的人说，"牛郎，好好照顾我们的孩子。小星和小月，你们要听你们爸爸的话。"

虽然牛郎和孩子们听不到，但是他们好像知道妈妈在说话。两个孩子对着天上叫，"妈妈！"

Zhè shí, yīgè niánqīng de tóngshì zǒu jìn Zhīnǚ, shuō, "Wǒ jīngcháng kànjiàn nǐ zài zhèlǐ. Nǐ de háizimen zhēn kě'ài."

"Shì a," Zhīnǚ shuō, "zài rénjiān de shíhou, wǒ kěyǐ bào tāmen, gěi tāmen jiǎng gùshi. Dànshì xiànzài………"

"Yào xiāngxìn," tā de tóngshì shuō. "Yěxǔ yǒu yītiān, tiānshàng de rén huì míngbai de."

Zhīnǚ méiyǒu zài shuōhuà, huíqu gōngzuò le. Dànshì tā zuò de yún bù zài xiàng yǐqián nàme piàoliang le, yīnwèi tā de xīn yīzhí zài xiǎngzhe rénjiān de jiārén.

Zài rénjiān, tāmen de jiāli, méiyǒu le Zhīnǚ, shénme dōu juéde shì kōngkōng de. Xiǎo Xīng mōzhe Māma zài zuò de yīfu shuō, "Zhè shì Māma zuìhòu gěi wǒmen zuò de yīfu."

Xiǎo Yuè yě ná qǐ yīgè wǎn shuō, "Zhè shì Māma de wǎn. Wǒmen yǐhòu hái néng hé Māma yīqǐ chīfàn ma?"

这时，一个年轻的同事走近织女，说，
"我经常看见你在这里。你的孩子们真
可爱。"

"是啊，"织女说，"在人间的时候，
我可以抱他们，给他们讲故事。但是现
在……"

"要相信，"她的同事说。"也许有一
天，天上的人会明白的。"

织女没有再说话，回去工作了。但是她
做的云不再像以前那么漂亮了，因为她
的心一直在想着人间的家人。

在人间，他们的家里，没有了织女，什
么都觉得是空空的。小星摸着妈妈在做
的衣服说，"这是妈妈最后给我们做的
衣服。"

小月也拿起一个碗说，"这是妈妈的
碗。我们以后还能和妈妈一起吃饭
吗？"

Niúláng bàozhe tāmen, xīnlǐ hěn téng. "Yīdìng huì de. Wǒmen yào xiǎng bànfǎ. Wǒmen yào xiāngxìn Māma, yě yào xiāngxìn wǒmen zìjǐ."

Wǎnshàng, Niúláng hé háizimen yīqǐ zuò zài yuèliàng xiàmiàn.

"Bàba," Xiǎo Yuè zhǐzhe tiānshàng, "nǐ kàn, yuèliàng xiàmiàn nà tiáo hé shì bùshì fēnkāi wǒmen de hé?"

"Shì de," Niúláng shuō, "nà jiùshì bǎ wǒmen hé Māma fēnkāi de hé."

"Bàba, wǒ yǒu bànfǎ le!" Xiǎo Xīng hǎnzhe shuō, "wǒmen kěyǐ zài héshàng zuò yīzuò qiáo!"

"Zhè hé tài dà le," Niúláng qīngshēng shuō.

"Nà wǒmen kěyǐ yóu guòqù ma?" Xiǎo Yuè wèn.

"Shuǐ tài dà le, érqiě tiānshàng de rén bù huì ràng wǒmen yóu guòqù de."

牛郎抱着他们，心里很疼。"一定会的。我们要想办法。我们要相信妈妈，也要相信我们自己。"

晚上，牛郎和孩子们一起坐在月亮下面。

"爸爸，"小月指着天上，"你看，月亮下面那条河是不是分开我们的河？"

"是的，"牛郎说，"那就是把我们和妈妈分开的河。"

"爸爸，我有办法了！"小星喊着说，"我们可以在河上做一座桥！"

"这河太大了，"牛郎轻声说。

"那我们可以游过去吗？"小月问。

"水太大了，而且天上的人不会让我们游过去的。"

Háizimen dīxià tou. Zhè shí, fēng dài lái le xiàng shì Zhīnǚ de shēngyīn, "Niúláng, Xiǎo Xīng, Xiǎo Yuè, wǒ hěn xiǎng nǐmen."

Tiānshàng de yún biàn chéng le Zhīnǚ de yàngzǐ, dànshì hěn kuài jiù bùjiàn le.

"Kàn dào le ma?" Niúláng shuō. "Māma zài yòng yún gàosù wǒmen, tā ài wǒmen."

Nèitiān wǎnshàng, háizimen shuìjiào hòu, Niúláng xiǎngzhe lǎo niú dehuà, "Zhēn'ài jiù huì zhǎodào bànfǎ."

Zài tiānshàng, Zhīnǚ zài tiān hé biān, kànzhe yuèliàng xià de jiā. Tā zhīdào, zhè yěshì Niúláng hé háizimen kàn dào de yuèliàng.

"Děngzhe wǒ," Zhīnǚ dī shēng shuō. "Wǒ yīdìng huì huí jiā de."

Rìziguò de bù yīyàng le. Měitiān zǎoshang, Xiǎo Yuè dōuhuì wèn, "Māma jīntiān huì huílái ma?"

孩子们低下头。这时，风带来了像是织女的声音，"牛郎，小星，小月，我很想你们。"

天上的云变成了织女的样子，但是很快就不见了。

"看到了吗？"牛郎说。"妈妈在用云告诉我们，她爱我们。"

那天晚上，孩子们睡觉后，牛郎想着老牛的话，"真爱就会找到办法。"

在天上，织女在天河边，看着月亮下的家。她知道，这也是牛郎和孩子们看到的月亮。

"等着我，"织女低声说。"我一定会回家的。"

日子过得不一样了。每天早上，小月都会问，"妈妈今天会回来吗？"

"Wǒmen yào děng," Niúláng huídá, "yīdìng huì yǒu bànfǎ de."

Xiǎo Xīng hé Xiǎo Yuè kāishǐ xuéxí xīn de shì. Tāmen xué zuòfàn, xué xǐ yīfu. Suīrán tāmen zhǐshì kāishǐ xué zuò zhèxiē shì, dànshì tāmen dōu hěn nǔlì.

"Bàba," Xiǎo Xīng shuō, "wǒ zàixué zuòfàn. Zhèyàng Māma huílái de shíhou, jiù zhīdào wǒmenguò de hěn hǎo."

Niúláng kàn dào háizimen zhème xiǎo jiù dǒng zhème duō shì, xīnlǐ yòu gāoxìng yòu nánguò.

Zài tiānshàng, Zhīnǚ de bù kāixīn zài tā de gōngzuò shàng jiù kàn de chūlái. Yún Lǎo kàn dào tā zhī de yún yīdiǎn er yě bù piàoliang.

"Nǐ zhī de yún bù hǎokàn le," tā shuō, "dàjiā dōu kàn de chūlái."

"Wǒ de xīn bùzài zhèlǐ." Zhīnǚ shuō. Zhè

"我们要等，"牛郎回答，"一定会有办法的。"

小星和小月开始学习新的事。他们学做饭，学洗衣服。虽然他们只是开始学做这些事，但是他们都很努力。

"爸爸，"小星说，"我在学做饭。这样妈妈回来的时候，就知道我们过得很好。"

牛郎看到孩子们这么小就懂这么多事，心里又高兴又难过。

在天上，织女的不开心在她的工作上就看得出来。云老看到她织的云一点儿也不漂亮。

"你织的云不好看了，"他说，"大家都看得出来。"

"我的心不在这里。"织女说。这

shí, Wángmǔ Niángniang lái le, "Nǐ shì tiānshàng de rén, yīnggāi yào hǎohǎo gōngzuò."

"Wǒ zhīdào," Zhīnǚ dī shēng shuō, "dànshì wǒ de háizi xūyào tāmen de māma."

"Bié zài shuō le!" Wángmǔ Niángniang shēngqì de shuō. "Nǐ zhī de yún yīdiǎn er yě bù xiàng yǐqián le."

"Yīnwèi yǐqián wǒ hěn kuàilè," Zhīnǚ huídá. "Xiànzài wǒ zhǐyǒu nánguò."

"Nà nǐ xiǎng yào zěnme yàng?" Wángmǔ Niángniang wèn.

"Qǐng ràng wǒ jiànjian tāmen," Zhīnǚ shuō. "Yī nián jiàn yīcì yě kěyǐ."

"Bù kěyǐ!" Wángmǔ Niángniang shēngqì de líkāi le.

Zhīnǚ bù tíng de kū. Tā de tóngshì duì tā shuō, "Yěxǔ……"

"Yěxǔ shénme?"

时，<u>王母娘娘</u>来了，"你是天上的人，应该要好好工作。"

"我知道，"<u>织女</u>低声说，"但是我的孩子需要他们的妈妈。"

"别再说了！"<u>王母娘娘</u>生气地说。"你织的云一点儿也不像以前了。"

"因为以前我很快乐，"<u>织女</u>回答。"现在我只有难过。"

"那你想要怎么样？"<u>王母娘娘</u>问。

"请让我见见他们，"<u>织女</u>说。"一年见一次也可以。"

"不可以！"<u>王母娘娘</u>生气地离开了。

<u>织女</u>不停地哭。她的同事对她说，"也许……"

"也许什么？"

"Yún Lǎo shuō, rúguǒ shì zhēn'ài, nàme tiānshàng de rén yě bù huì bù tóngyì de."

"Zhēn de ma?"

"Děngzhe kàn ba, ràng tiānshàng de rén dōu kàn dào nǐ xīnlǐ de ài."

Zài rénjiān, Niúláng hé háizimen yě yīzhí zài děng.

Yǒu yītiān, Xiǎo Xīng zhǐzhe tiānshàng shuō, "Bàba, nǐ kàn! Yún biàn chéng le zì!"

Tāmen kànzhe tiānshàng. "Děng wǒ" liǎng gè zì chūxiàn zài tiānshàng.

"Māma zài hé wǒmen shuōhuà!" Xiǎo Yuè gāoxìng de hǎnzhe.

"Zhīnǚ, wǒmen zài zhèlǐ," Niúláng hǎnzhe, "wǒmen huì yīzhí děngzhe nǐ."

Zhè shí, yún yòu biàn chéng le xīn de yàngzǐ.

"<u>云老</u>说，如果是真爱，那么天上的人也不会不同意的。"

"真的吗？"

"等着看吧，让天上的人都看到你心里的爱。"

在人间，<u>牛郎</u>和孩子们也一直在等。

有一天，<u>小星</u>指着天上说，"爸爸，你看！云变成了字！"

他们看着天上。"等我"两个字出现在天上。

"妈妈在和我们说话！"<u>小月</u>高兴地喊着。

"<u>织女</u>，我们在这里，"<u>牛郎</u>喊着，"我们会一直等着你。"

这时，云又变成了心的样子。

"Māma! Wǒmen yě ài nǐ!" Xiǎo Xīng hé Xiǎo Yuè dàshēng shuō.

Cóng nèitiān kāishǐ, Zhīnǚ yòng yún hé jiārén shuōhuà. Suīrán bùnéng zài yīqǐ, dànshì tāmen de xīn gèng jìn le.

Yītiān wǎnshàng, yīgè shēngyīn jiàozhe, "Zhīnǚ, kuài lái." Shì Yún Lǎo, tā dàizhe tā lái dào yīgè hěn liàng de fángjiān. "Wǒmen yīzhí zài zhùyì nǐ," tā shuō. Zhīnǚ zhànzhe bù shuōhuà.

"Nǐ zhī de yún bù piàoliang le," tā jìxù shuō, "dànshì nǐ xīnlǐ de ài gèng duō le."

Tā ānjìng de děngzhe.

"Yěxǔ," Yún Lǎo xiǎng le xiǎng shuō, "wǒmen kěyǐ zhǎodào bànfǎ."

Zhīnǚ de xīntiào de hěn kuài. Yěxǔ, tā bùyòng zài děng hěn cháng shíjiān le.

"妈妈！我们也爱你！"小星和小月大声说。

从那天开始，织女用云和家人说话。虽然不能在一起，但是他们的心更近了。

一天晚上，一个声音叫着，"织女，快来。"是云老，他带着她来到一个很亮的房间。"我们一直在注意你，"他说。织女站着不说话。

"你织的云不漂亮了，"他继续说，"但是你心里的爱更多了。"

她安静地等着。

"也许，"云老想了想说，"我们可以找到办法。"

织女的心跳得很快。也许，她不用再等很长时间了。

"Zhīnǚ," Yún Lǎo qīngqing de shuō, "wǒ kànjiàn nǐ měitiān dōu hěn nánguò."

Zhīnǚ dīzhe tóu huídá, "Wǒ xiǎng wǒ de háizi, xiǎng wǒ de zhàngfū."

Yún Lǎo kànzhe tiānhé. "Nǐ zhīdào tiānshàng yǒu hěnduō xiǎo niǎo ma? Tāmen měitiān dōu zài kànzhe nǐ."

Zhīnǚ táitóu kàn. Tā jīngcháng kànjiàn tiānshàng yǒu hěnduō hēibái sè de xiǎo niǎo, dànshì cónglái méiyǒu xiǎngguò tāmen yě zài kàn tā.

Yī zhǐ hēibái sè de xiǎo niǎo fēi le guòlai, tíng zài Zhīnǚ pángbiān.

"Bùyào pà," Yún Lǎo shuō, "zhèxiē xiǎo niǎo dōu zhīdào nǐ de gùshi. Tāmen kànjiàn nǐ yòng yún hé nǐ de jiārén shuōhuà."

第九章：天上的小鸟

"<u>织女</u>，"<u>云老</u>轻轻地说，"我看见你每天都很难过。"

<u>织女</u>低着头回答，"我想我的孩子，想我的丈夫。"

<u>云老</u>看着天河。"你知道天上有很多小鸟吗？它们每天都在看着你。"

<u>织女</u>抬头看。她经常看见天上有很多黑白色的小鸟，但是从来没有想过它们也在看她。

一只黑白色的小鸟飞了过来，停在<u>织女</u>旁边。

"不要怕，"<u>云老</u>说，"这些小鸟都知道你的故事。它们看见你用云和你的家人说话。"

Zhīnǚ kānzhe nà zhī xiǎo niǎo. Tā liàng liàng de yǎnjīng hǎoxiàng zài duì tā xiào.

"Zhèxiē xiǎo niǎo hěn tèbié," Yún Lǎo jìxù shuō. "Tāmen dǒngdé shénme shì ài."

Shù shàng gèng duō de xiǎo niǎo fēi le guòlai. Tāmen dōu rènzhēn de kànzhe Zhīnǚ.

"Kànjiàn le ma? Tāmen xiǎng bāng nǐ."

"Kěshì tiānhé tài dà le," Zhīnǚ dīshēng shuō. "Shuí néng guòqù ne?"

"Děngzhe kàn ba." Yún Lǎo kànzhe xiǎo niǎo men shuō, "Zhēn'ài zǒng huì yǒu bànfǎ."

Yún Lǎo líkāi hòu. Zhīnǚ zhàn zài kànzhe tā de xiǎo niǎo zhōngjiān.

Yī zhǐ pàngpang de niǎo fēi dào qítā xiǎo niǎo shēnbiān. Tā zài shuōhuà, qítā xiǎo niǎo dōu zài tīng.

织女看着那只小鸟。它亮亮的眼睛好像在对她笑。

"这些小鸟很特别，"云老继续说。"它们懂得什么是爱。"

树上更多的小鸟飞了过来。它们都认真地看着织女。

"看见了吗？它们想帮你。"

"可是天河太大了，"织女低声说。"谁能过去呢？"

"等着看吧。"云老看着小鸟们说，"真爱总会有办法。"

云老离开后。织女站在看着她的小鸟中间。

一只胖胖的鸟飞到其他小鸟身边。它在说话，其他小鸟都在听。

Zhīnǚ bù zhīdào de shì, zhè zhǐ pàngpang de xiǎo niǎo zài shuō, "Wǒmen yào bāngzhù Zhīnǚ. Tā hé tā de jiārén bèi fēnkāi, tài kělián le."

"Zěnme bāng tā?" qítā xiǎo niǎo wèn.

"Tiānshàng de rén kāishǐ míngbai Zhīnǚ de xīn le," Xiǎo niǎo shuō. "Wǒmen yào zhǎo gèng duō de xiǎo niǎo lái."

Xiǎo niǎomen dōu tóngyì le, "Hǎo! Wǒmen xiànzài jiù qù!"

Hěn kuài, tiānshàng dōu shì xiǎo niǎo. Tāmen cóng dōngbian, xībian, nánbian, běibian guòlai. Tāmen dōu tíng zài dà shù shàng, kànzhe Zhīnǚ.

Zài rénjiān, Niúláng yě kànjiàn le zhèxiē xiǎo niǎo.

"Bàba," Xiǎo Yuè jiàozhe, "kuài kàn tiānshàng de nàxiē xiǎo niǎo!"

"Tāmen dōu shì hēibái sè de, zhēn piàoliang!" Xiǎo Xīng yě shuō.

织女不知道的是，这只胖胖的小鸟在说，"我们要帮助织女。她和她的家人被分开，太可怜了。"

"怎么帮她？"其他小鸟问。

"天上的人开始明白织女的心了，"小鸟说。"我们要找更多的小鸟来。"

小鸟们都同意了，"好！我们现在就去！"

很快，天上都是小鸟。它们从东边、西边、南边、北边过来。它们都停在大树上，看着织女。

在人间，牛郎也看见了这些小鸟。

"爸爸，"小月叫着，"快看天上的那些小鸟！"

"它们都是黑白色的，真漂亮！"小星也说。

Niúláng xiǎngqǐ le lǎo huángniú zuìhòu shuō dehuà, "Zhēn'ài huì zhǎodào bànfǎ."

Xiǎo niǎomen děngzhe, kànzhe xiǎng jiā de Zhīnǚ, kànzhe zài hé biān děngzhe Zhīnǚ de jiārén. Tāmen zhīdào, tāmen de jīhuì kuài lái le.

Zài qī yuè qī rì zhè yītiān. Tiān hái méiyǒu liàng, pàng xiǎo niǎo jiù jiào qítā xiǎo niǎo qǐchuáng le.

"Jīntiān," pàng xiǎo niǎo shuō, "wǒmen yào bāng Zhīnǚ jiàn tā de jiārén."

Xiǎo niǎo men fēi dào tiānhé shàngmiàn.

Zhīnǚ zhàn zài nàlǐ, kànzhe rénjiān. Tūrán, xiǎo niǎo men kāishǐ fēi xiàlái, fēi dào tiānhé shàng.

"Zhè shì……" Zhīnǚ jīhū bù xiāngxìn zìjǐ de yǎnjīng.

Xiǎo niǎo men zhàn de hěn jìn hěn jìn, yòng tāmen de shēntǐ zài tiānhé shàng lián chéng le yīzuò qiáo.

牛郎想起了老黄牛最后说的话，"真爱会找到办法。"

小鸟们等着，看着想家的织女，看着在河边等着织女的家人。它们知道，它们的机会快来了。

在七月七日这一天。天还没有亮，胖小鸟就叫其他小鸟起床了。

"今天，"胖小鸟说，"我们要帮织女见她的家人。"

小鸟们飞到天河上面。

织女站在那里，看着人间。突然，小鸟们开始飞下来，飞到天河上。

"这是……"织女几乎不相信自己的眼睛。

小鸟们站得很近很近，用它们的身体在天河上连成了一座桥。

Zhè shí, Yún Lǎo zǒu le guòlai, "Zhīnǚ, nǐ kàn, zhèxiē xiǎo niǎo dōu zài bāng nǐ."

Zhīnǚ kū le, "Wǒ zhēn de kěyǐ guòqù ma?"

"Jīntiān shì qī yuè qī rì," Yún Lǎo shuō. "Xiǎo niǎo men yòng zìjǐ de shēntǐ gěi nǐmen zuò le qiáo. Qù jiàn nǐ de jiārén ba."

Zài hé de lìng yībiān, Niúláng yě kànjiàn le xiǎo niǎo zuò de qiáo.

"Bàba!" Xiǎo Xīng hé Xiǎo Yuè dàshēng jiào le qǐlái, "kuài kàn, xiǎo niǎo men zhàn zài yīqǐ, biàn chéng le yīzuò qiáo!"

Niúláng míngbai le. "Wǒmen kěyǐ guòqù jiàn nǐmen de māma le!"

Cóng tiānhé de liǎngbiān, yījiārén zǒu shàng le niǎo zuò de qiáo.

Xiǎo niǎo men zhànzhe yīdòng yě bù dòng. Tāmen zhīdào, tāmen ràng fēnkāi hěnjiǔ de jiā rén jiànmiàn le.

这时，云老走了过来，"织女，你看，这些小鸟都在帮你。"

织女哭了，"我真的可以过去吗？"

"今天是七月七日，"云老说。"小鸟们用自己的身体给你们做了桥。去见你的家人吧。"

在河的另一边，牛郎也看见了小鸟做的桥。

"爸爸！"小星和小月大声叫了起来，"快看，小鸟们站在一起，变成了一座桥！"

牛郎明白了。"我们可以过去见你们的妈妈了！"

从天河的两边，一家人走上了鸟做的桥。

小鸟们站着一动也不动。它们知道，它们让分开很久的家人见面了。

"Māma!" Xiǎo Xīng hé Xiǎo Yuè dàshēng jiào qǐlái.

"Háizimen!" Zhīnǚ yě dà jiào.

Tāmen zài qiáo de zhōngjiān jiànmiàn le. Zhīnǚ bào zhù tā de háizi, kū de tíng bù xiàlái.

"Zhīnǚ," Niúláng yě kū le.

"Duìbùqǐ, ràng nǐmen děng le zhème jiǔ," Zhīnǚ shuō.

"Wǒmen hǎo xiǎng nǐ," Xiǎo Yuè dī shēng shuō.

"Wǒmen tiāntian dōu zài kàn nǐ zhī de yún," Xiǎo Xīng yě shuō.

Zhīnǚ mōzhe háizimen de tóu, dī shēng shuō, "Wǒ kàn nǐmen dōu zhǎng gāo le."

Yún Lǎo zhàn zài hé biān duì qítā tiānshàng de rén shuō, "Zhè cái shì zhēn'ài."

Wángmǔ Niángniang yě lái le. Tā yě zhōngyú míngbai le.

"Wǒmen néng zài yīqǐ duōjiǔ?" Zhīnǚ wèn.

"妈妈！"小星和小月大声叫起来。

"孩子们！"织女也大叫。

他们在桥的中间见面了。织女抱住她的孩子，哭得停不下来。

"织女，"牛郎也哭了。

"对不起，让你们等了这么久，"织女说。

"我们好想你，"小月低声说。

"我们天天都在看你织的云，"小星也说。

织女摸着孩子们的头，低声说，"我看你们都长高了。"

云老站在河边对其他天上的人说，"这才是真爱。"

王母娘娘也来了。她也终于明白了。

"我们能在一起多久？"织女问。

"Kěyǐ dào tiān hēi," Yún Lǎo huídá. "Yǐhòu měinián de jīntiān, xiǎo niǎo men dōuhuì lái wèi nǐmen zuò qiáo."

Niúláng shuō, "Zhīdào wǒmen měinián dōu néng jiànmiàn, wǒ jiù fàngxīn le."

Yījiā rén zài xiǎo niǎo qiáo shàng shuō le tāmen zài zhè yī nián lǐ de gùshi.

Tiān kuài hēi de shíhou, tāmen yào shuō zàijiàn le.

"Yào tīng nǐmen bàba de huà," Zhīnǚ bàozhe Xiǎo Xīng hé Xiǎo Yuè shuō. "Wǒmen míngnián zàijiàn."

"Wǒ huì hǎohao xué zuò yīfu," Xiǎo Yuè shuō.

"Wǒ huì zhàogù hǎo mèimei," Xiǎo Xīng shuō.

Zhīnǚ kānzhe Niúláng shuō, "Zhàogù hǎo zìjǐ."

"Nǐ yěshì," Niúláng shuō. "Wǒmen děng nǐ."

"可以到天黑，"云老回答。"以后每年的今天，小鸟们都会来为你们做桥。"

牛郎说，"知道我们每年都能见面，我就放心了。"

一家人在小鸟桥上说了他们在这一年里的故事。

天快黑的时候，他们要说再见了。

"要听你们爸爸的话，"织女抱着小星和小月说。"我们明年再见。"

"我会好好学做衣服，"小月说。

"我会照顾好妹妹，"小星说。

织女看着牛郎说，"照顾好自己。"

"你也是，"牛郎说。"我们等你。"

Xiǎo niǎo men háishì ānānjìngjìng de zhànzhe, kàn dào le tāmen de ài.

Cóng nà yǐhòu, měinián de qī yuè qī rì, xiǎo niǎo men dōuhuì lái dào tiānhé shàng, gěi Zhīnǚ hé tā de jiārén zuò qiáo.

Rénmen bǎ zhè yītiān jiàozuò Qīxī. Zhè yītiān, tiānshàng de Zhīnǚ kěyǐ jiàn dào tā zuì ài de jiārén.

Nàxiē xiǎo niǎo hòulái yě yǒu le zìjǐ de míngzì, rénmen jiào tāmen Xǐquè, yīnwèi tāmen gěi zhège fēnkāi de jiā dài lái le kuàilè.

小鸟们还是安安静静地站着，看到了他们的爱。

从那以后，每年的七月七日，小鸟们都会来到天河上，给<u>织女</u>和她的家人做桥。

人们把这一天叫做<u>七夕</u>[6]。这一天，天上的<u>织女</u>可以见到她最爱的家人。

那些小鸟后来也有了自己的名字，人们叫它们喜鹊[7]，因为它们给这个分开的家带来了快乐。

---

[6] 七夕　qīxī – Chinese Valentine's Day; the seventh day of the seventh lunar month, celebrating the annual meeting of the Cowherd and the Weaver Girl

[7] 喜鹊　xǐquè – magpie, a highly intelligent bird, a common subject in Chinese paintings and often found in traditional Chinese poetry and couplets

Dì Shí Zhāng: Ài De Gùshi

Cóng nà nián kāishǐ, měinián qī yuè qī rì, hēibái sè de Xǐquè dōuhuì lái dào tiānhé shàng. Tāmen zhàn zài yīqǐ, biàn chéng yīzuò qiáo, ràng Zhīnǚ hé Niúláng, Xiǎo Xīng, Xiǎo Yuè jiànmiàn.

Cūnzi lǐ de rén dōu zhīdào le zhè jiàn shì. Měinián zhè yītiān, dàjiā dōu lái kàn. Niánqīngrén huì duì tiānshàng shuō, "Zhīnǚ, nǐ kàn, wǒmen yě lái le!"

Lǎorénmen huì gěi háizimen jiǎng zhège gùshi, "Hěnjiǔ yǐqián, wǒmen cūnzi li yǒu yīgè jiào Niúláng de rén. Tā gōngzuò hěn nǔlì……"

Xiǎo Xīng hé Xiǎo Yuè mànman de zhǎng dà le. Tāmen hé bàba yīyàng, rènzhēn de gōngzuò, rèqíng de shēnghuó. Cūnzi lǐ de rén dōu shuō, "Nǐmen kàn, tāmen duō xiàng tāmen de bàba māma."

Xiǎo Yuè xuéhuì le zuò yīfu. Tā jīngcháng zuò zài jiā mén qián, yībiān zuò yīfu, yībiān kàn tiānshàng de yún.

第十章：爱的故事

从那年开始，每年七月七日，黑白色的喜鹊都会来到天河上。它们站在一起，变成一座桥，让织女和牛郎、小星、小月见面。

村子里的人都知道了这件事。每年这一天，大家都来看。年轻人会对天上说，"织女，你看，我们也来了！"

老人们会给孩子们讲这个故事，"很久以前，我们村子里有一个叫牛郎的人。他工作很努力……"

小星和小月慢慢地长大了。他们和爸爸一样，认真地工作、热情地生活。村子里的人都说，"你们看，他们多像他们的爸爸妈妈。"

小月学会了做衣服。她经常坐在家门前，一边做衣服，一边看天上的云。

"Māma," tā qīngqing de shuō, "nǐ xǐhuān wǒ zuò de yīfu ma?"

Tiānshàng de yún huì biàn chéng yī duǒ huā, zhè shì Zhīnǚ zài shuō, "Hěn hǎokàn."

Xiǎo Xīng yě zhǎng gāo le. Xiàng bàba yǐqián yīyàng, tā qù shānshàng fàng niú. Tā huì hé niú shuō, "Nǐmen zhīdào ma? Wǒ māma shì tiānshàng zuì hǎo de zhīnǚ."

Niúláng de tóufǎ bái le, dànshì tā měitiān dōuhuì qù tiān hé biān. Tā zhīdào Zhīnǚ zài tiānshàng kànzhe tāmen.

Yǒu yīcì, yīgè xiǎo nǚhái wèn Xiǎo Yuè, "Jiějiě, nǐmen wèishénme měinián dōu lái zhèlǐ?"

Xiǎo Yuè zuò zài xiǎo nǚhái pángbiān, xiàozhe shuō, "Yīnwèi zhè li yǒu yīgè hěn měide gùshi."

"Shì shénme gùshi?"

"妈妈，"她轻轻地说，"你喜欢我做的衣服吗？"

天上的云会变成一朵花，这是织女在说，"很好看。"

小星也长高了。像爸爸以前一样，他去山上放牛。他会和牛说，"你们知道吗？我妈妈是天上最好的织女。"

牛郎的头发白了，但是他每天都会去天河边。他知道织女在天上看着他们。

有一次，一个小女孩问小月，"姐姐，你们为什么每年都来这里？"

小月坐在小女孩旁边，笑着说，"因为这里有一个很美的故事。"

"是什么故事？"

Xiǎo Yuè zhǐzhe tiānshàng shuō, "Nǐ kànjiàn tiānhé le ma? Zài hé de nà biān, zhùzhe yīgè hěn ài wǒmen de rén. Tā zhī de yún zuì piàoliang."

"Zhēn de ma?" Xiǎo nǚhái de yǎnjīng hěn liàng.

"Zhēn de," Xiǎo Yuè shuō, "tā shì wǒ de māma. Suīrán wǒmen hěn shǎo jiànmiàn, dànshì wǒmen de xīn yīzhí lián zài yīqǐ."

Gèng duō de rén zhīdào le zhège gùshi. Rénmen yuè lái yuè xǐhuān Qīxī zhè yītiān.

Zài Qīxī de wǎnshàng, niánqīngrén dōu kànzhe tiānshàng de xīngxing, shuō, "Zhīnǚ hé Niúláng de ài zhēnměi."

Zhīnǚ zài tiānshàng kànzhe zhèxiē. Tā zhī de yún yuè lái yuè piàoliang, yīnwèi tā zhīdào, tā hé jiārén de gùshi ràng hěnduō rén míngbai le shénme shì zhēnzhèng de ài.

Měi gè Qīxī de wǎnshàng, tiānshàng huì chūxiàn hěnduō xīngxing.

小月指着天上说，"你看见天河了吗？在河的那边，住着一个很爱我们的人。她织的云最漂亮。"

"真的吗？"小女孩的眼睛很亮。

"真的，"小月说，"她是我的妈妈。虽然我们很少见面，但是我们的心一直连在一起。"

更多的人知道了这个故事。人们越来越喜欢七夕这一天。

在七夕的晚上，年轻人都看着天上的星星，说，"织女和牛郎的爱真美。"

织女在天上看着这些。她织的云越来越漂亮，因为她知道，她和家人的故事让很多人明白了什么是真正的爱。

每个七夕的晚上，天上会出现很多星星。

Rénmen shuō, zuì liàng de nàgè xīngxing jiùshì Zhīnǚ, tā zài děngzhe tā de jiārén.

Shíjiānguò de hěn kuài, Qīxī yuè lái yuè rènao le.

Niánqīng de nǚ háizi huì zài yuànzǐ lǐ fàng shàng wǎn. Tāmen kànzhe xīngxing zài wǎn lǐ de shuǐzhōng tiàowǔ, xiǎngzhe zìjǐ de ài.

Māma men huì jiào nǚ'ér zuò yīfu. Tāmen shuō, "Nǐ yào xiàng Zhīnǚ yīyàng rènzhēn."

Bàbamen huì gěi érzǐ jiǎng Niúláng de gùshi, "Nǐ kàn, Niúláng duōme nǔlì. Tā suīrán méiyǒu hěnduō qián, dànshì tā de xīn hěn hǎo."

Zài xuéxiào lǐ, xuéshēngmen tīng dào le zhège gùshi, tāmen shuō, "Wǒmen yě yào xué Zhīnǚ hé Niúláng, yào rènzhēn xuéxí."

Yǒu yītiān, Xiǎo Yuè kànjiàn yīgè háizi de bàba zài jiào tā de háizi rèn xīngxing.

人们说，最亮的那个星星就是<u>织女</u>，她在等着她的家人。

时间过得很快，<u>七夕</u>越来越热闹了。

年轻的女孩子会在院子里放上碗。她们看着星星在碗里的水中跳舞，想着自己的爱。

妈妈们会教女儿做衣服。她们说，"你要像<u>织女</u>一样认真。"

爸爸们会给儿子讲<u>牛郎</u>的故事，"你看，<u>牛郎</u>多么努力。他虽然没有很多钱，但是他的心很好。"

在学校里，学生们听到了这个故事，他们说，"我们也要学<u>织女</u>和<u>牛郎</u>，要认真学习。"

有一天，<u>小月</u>看见一个孩子的爸爸在教他的孩子认星星。

"Nǐ kàn," tā shuō,"nà biān de liǎng gè zuìdà, zuì liàng de xīngxing, yīgè shì Zhīnǚ xīng, yīgè shì Niúláng xīng. Zhōngjiān de nà tiáo liàng liàng de hé, jiùshì tiānhé."

"Bàba," háizi wèn, "tāmen xiànzài hái zài děngzhe jiànmiàn ma?"

"Shì de," bàba huídá,"yīnwèi tāmen yǒu zhēnzhèng de ài."

Xiǎo Yuè tīngzhe tāmen shuōhuà, xiǎngqǐ tā māma yěshì zhèyàng jiào tā rèn xīngxing de.

Xiǎo Xīng lái dào Xiǎo Yuè pángbiān,"nǐ zài xiǎng māma ma?"

"Shì de," Xiǎo Yuè shuō,"nǐ kàn, xiànzài zhème duō rén dōu zhīdào bàba māma de gùshi le."

Tiānshàng, yún biàn chéng le xīn de yàngzǐ. Tāmen zhīdào, māma yě zài kànzhe tāmen.

"你看，"他说，"那边的两个最大、最亮的星星，一个是<u>织女</u>星，一个是<u>生郎</u>星。中间的那条亮亮的河，就是天河。"

"爸爸，"孩子问，"他们现在还在等着见面吗？"

"是的，"爸爸回答，"因为他们有真正的爱。"

<u>小月</u>听着他们说话，想起她妈妈也是这样教她认星星的。

<u>小星</u>来到<u>小月</u>旁边，"你在想妈妈吗？"

"是的，"<u>小月</u>说，"你看，现在这么多人都知道爸爸妈妈的故事了。"

天上，云变成了心的样子。他们知道，妈妈也在看着他们。

Hěnduō nián yǐhòu, Xiǎo Xīng hé Xiǎo Yuè yě lǎo le. Dànshì měinián qī yuè qī rì, tāmen dōuhuì lái tiānhé biān.

Tāmen de háizi yě dōuhuì lái, háizi de háizi yě dōuhuì lái. Zài xīngxing hé yuèliàng xià de tiān hé biān, dàjiā zuò zài yīqǐ.

"Nǐmen kàn," Xiǎo Yuè qīngqing de shuō, "tiānshàng de yún háishì nàme piàoliang. Māma yě zài kànzhe wǒmen."

"Shì a," Xiǎo Xīng shuō, "bàba shuō de duì, zhēnzhèng de ài yīzhí bù huì biàn."

Zài tiānshàng, Zhīnǚ zhī chū le bǐ yǐqián gèng piàoliang de yún, yīnwèi tā zhīdào, xiàmiàn yǒu zhème duō rén zài kàn tā zhī de yún.

Rénmen shuō, zài qī yuè qī rì de wǎnshàng, nǐ kěyǐ kàn dào Zhīnǚ xīng hé Niúláng xīng. Suīrán tāmen zhōngjiān yǒu tiān hé, dànshì zhè liǎng gè xīng kàn qǐlái hěn liàng, hěn jìn.

很多年以后，<u>小星</u>和<u>小月</u>也老了。但是
每年七月七日，他们都会来天河边。

他们的孩子也都会来，孩子的孩子也都
会来。在星星和月亮下的天河边，大家
坐在一起。

"你们看，"<u>小月</u>轻轻地说，"天上的
云还是那么漂亮。妈妈也在看着我
们。"

"是啊，"<u>小星</u>说，"爸爸说得对，真
正的爱一直不会变。"

在天上，<u>织女</u>织出了比以前更漂亮的
云，因为她知道，下面有这么多人在看
她织的云。

人们说，在七月七日的晚上，你可以看
到<u>织女</u>星和<u>牛郎</u>星。虽然他们中间有天
河，但是这两个星看起来很亮、很近。

Měinián zhè yītiān, Xǐquèmen dōuhuì lái. Tāmen zài tiānhé shàng zuò qiáo, ràng fēnkāi de rén kěyǐ jiànmiàn.

Zhège gùshi bèi xiě jìn shū lǐ, tā yě zhù zài rénmen de xīnlǐ, "Zhēnzhèng de ài, jiù xiàng Zhīnǚ hé Niúláng de ài, yīzhí bù huì bèi rén wàngjì."

Dào xiànzài, rénmen hái zài jiǎng Zhīnǚ hé Niúláng de gùshi. Měi yīgè Qīxī, tiānshàng de xīngxing dōu hěn liàng hěn liàng, wǒmen dōuhuì jìde zhège bù huì bèi wàngjì de ài de gùshi.

每年这一天，喜鹊们都会来。它们在天河上做桥，让分开的人可以见面。

这个故事被写进书里，它也住在人们的心里，"真正的爱，就像织女和牛郎的爱，一直不会被人忘记。"

到现在，人们还在讲织女和牛郎的故事。每一个七夕，天上的星星都很亮很亮，我们都会记得这个不会被忘记的爱的故事。

The Cowherd and the Weaver Girl

Chapter One: The Lonely Cowherd

Long ago, in a small village lived a young man whom everyone called Niulang, the Cowherd. Having lost his parents at a young age, he lived with his older brother and sister-in-law.

Each morning before dawn, his brother would call out, "Niulang, wake up! Time to tend to the cattle."

"Yes, brother," Niulang would respond, rising immediately.

He would don his worn clothes and take up his bowl. His sister-in-law would give him a small portion of rice, saying, "Off to work now. Don't return until evening."

"Thank you," Niulang would reply before heading to the mountains to watch over the cattle. Among their few cows, an old yellow ox seemed to listen most intently whenever he spoke.

The villagers would often remark, "Niulang tends to the cattle with such care." "Indeed, he works with great diligence." "Though his life isn't an easy one."

Whenever he returned home early, his sister-in-law would question, "Why have you come back again?"

"The cattle have finished grazing. I thought I might help here," Niulang would explain.

"That's not necessary. Go back to watching the cattle," his sister-in-law would dismiss him.

Up in the mountains, Niulang would confide in the old yellow ox, "Old Yellow Ox, do you know how lonely I feel?"

The ox would simply gaze at him.

"Do you think my life will ever improve?" Niulang would ask. "I wish I had someone to talk to. What do you think?"

The old yellow ox would watch Niulang, seeming to listen thoughtfully to every word.

When spring arrived, the mountains bloomed with beauty and the air grew warmer. One afternoon, as Niulang sat on the mountainside, the old yellow ox suddenly approached him.

"What's the matter today?" Niulang asked. "You look as though you have something to tell me."

The ox fixed its gaze on Niulang and, to his astonishment, began to speak. Startled, Niulang stepped backward.

"Don't be afraid," the ox said gently. "I'm here to help you. I understand your hardships."

"You... you can speak?" Niulang stammered.

"Yes. I am no ordinary ox. I come from heaven," the ox explained. "I've watched your daily diligence and witnessed your kindness to others. Now I wish to help you."

Niulang sat beside the old yellow ox and asked, "How will you help me?"

"Listen," the ox said, "what you need isn't more cattle or money - you need a good wife."

"A wife?" Niulang laughed softly. "But who would share a life with someone like me? I have nothing to offer."

"Don't think that way," the ox counseled. "Trust in me. Tomorrow morning, before dawn breaks, meet me here. I have something wonderful to tell you."

"Very well," Niulang agreed. "It's growing dark now. We should return home."

On the journey home, Niulang pondered the ox's words. Though strange, they filled him with hope. For the first time, he felt his life might take a turn for the better.

Upon reaching home, his brother inquired, "How were the cattle today?"

"All well," Niulang replied. "The old yellow ox was especially good today."

That night, Niulang slept peacefully, his dreams filled with the sparkle of countless beautiful stars.

Chapter Two:
Life in Heaven

In the celestial realm lived a beautiful maiden whom everyone called Zhinü, the Weaver Girl. She dwelled in a magnificent garden, rising each morning as the first rays of sunlight touched the heavens.

"Zhinü, it's time!" the others would call. "The day's work awaits."

Clad in white silk, she would finish her morning meal and begin her daily task of weaving clouds. Those she created were the most exquisite in all of heaven, crafted with unwavering dedication.

"Zhinü, your talent is remarkable," her fellow weavers would say. "Everything you create holds such beauty."

Though Zhinü would offer a gentle smile, a shadow of melancholy lingered in her eyes. Despite her celestial abode, the endless silence weighed upon her, and solitude was her constant companion.

"You're kind," she would reply. "Shall we work together?"

From her perch, she would gaze down at the mortal realm below. Each day brought new scenes to observe: mortals going about their work, children at play, merchants trading their wares. The vibrancy of mortal life captivated her.

"Watching the mortal world again?" a colleague would ask, approaching.

"Yes," Zhinü would answer thoughtfully. "What do you make of their lives? They seem to find such joy in living."

"Don't dwell on such thoughts," her colleague would counsel. "Our duty lies here."

Zhinü would bow her head and resume her work, but her heart harbored a secret wish: to experience life in the world below.

As twilight fell each evening, she would sit alone, watching and listening to the mortal realm. Sometimes carried on the breeze came the sound of conversation, or children's laughter.

"Zhinü, alone again?" asked an elder with flame-red hair. This was Master Yun, the celestial teacher who watched over their work.

"I... I'm stargazing," Zhinü would murmur.

"Remember your purpose," Master Yun would remind her. "Your gift belongs here."

"Yes, Master," Zhinü would answer, though her heart yearned for something more.

That night, as she lay in her celestial chamber, Zhinü dreamed of life among the mortals, finding the prospect ever more enticing.

The next morning found her at work before the others, beneath a resplendent sky. Yet as she sat weaving clouds, her thoughts strayed.

"Such an early start today, Zhinü," remarked a young colleague.

"Yes," she replied. "I hoped to accomplish more."

But her heart wandered from her task; the mortal world beckoned ceaselessly. Though she chided herself for such distraction, she could not stem the tide of her thoughts.

Master Yun appeared beside her. "How progresses your work, Zhinü?" he inquired.

"I... I'm attending to it," she said, noting with dismay the imperfection in her clouds.

Master Yun studied her work. "Your clouds lack their usual grace today. Does something trouble you?"

Rising quickly, Zhinü said. "Forgive me, Master. Tomorrow I shall do better."

Master Yun regarded her with concern. "You've grown distant of late, keeping your own counsel. If something weighs upon you, you may confide in me."

Zhinü kept her gaze lowered. "Thank you, Master, but all is well. I shall return to my work."

After Master Yun's departure, a colleague whispered, "Take care, Zhinü. The Master notes your work has suffered."

"I know," Zhinü sighed. Then, after a pause, "Tell me, do you think mortals find happiness in their lives?"

"Why do such thoughts preoccupy you?" her colleague challenged. "We want for nothing here - we have purpose, shelter. Seek contentment in what is."

Zhinü held her peace, but her heart whispered: This endless quiet, these unchanging days... Surely mortal life holds greater wonder.

That afternoon, she sought out a secret place - a vantage point from which one could observe every corner of the mortal realm. Time slipped away as she watched, entranced.

Then she spotted him - a young man conversing with his cattle. Something about him caught her eye. Finding herself intrigued, she lingered to watch.

"He works alone, yet joy illuminates his face," Zhinü mused. Little did she know she watched Niulang.

Returning, her heart lightened with possibility: Tomorrow, some colleagues would venture to the mortal realm. She would join them, see this world that called to her so strongly. The thought filled her with unprecedented joy.

Chapter Three:
The First Meeting

Before dawn, Niulang rose from his bed. Remembering the old yellow ox's words, he dressed quickly and headed to the mountains.

"Where are you going?" his brother asked.

"To tend the cattle," Niulang replied. "I want to start early today."

The mountains lay silent beneath the lingering moon. Niulang found the old yellow ox waiting for him.

"Your timing is perfect," the ox said. "I must tell you something. Do you often visit the river to the east?"

"Yes," Niulang answered. "I regularly take the cattle there to drink."

The ox continued, "This morning, seven heavenly maidens will descend to bathe in the river. They are celestial beings, not mortals."

Niulang could hardly believe his ears. "Really? Beings from heaven?"

"Yes," the ox confirmed. "One is called Zhinü. She weaves the most beautiful clouds in heaven. But in her heart, she too longs for companionship."

"But..." Niulang hesitated, "how could I possibly speak with a heavenly maiden?"

"Listen carefully," the ox instructed. "When they arrive, take Zhinü's clothes. This will make her stay."

Niulang felt uncertain. "Is that the right thing to do?"

"Don't worry," the ox reassured him. "Zhinü is kind-hearted and yearns to experience life here. You can talk with her properly. If she becomes unhappy, you can return her clothes."

The eastern sky began to brighten. "Hurry now," the ox urged. "They're coming. Hide behind the large tree until they enter the water."

After a moment's hesitation, Niulang crept quietly to the riverbank, concealing himself behind a great tree.

Soon, melodious sounds filled the air. Looking up, Niulang saw seven beautiful maidens descending from heaven. All wore white garments and moved with cloud-like grace to the river's edge.

"How beautiful it is here!" one exclaimed.

"Yes," another agreed. "Let's hurry and bathe."

Niulang watched as Zhinü, walking last, placed her white garments on a large rock before joining the others.

Heart pounding, he waited until all had entered the water. Then, moving silently, he approached the rock where Zhinü's clothes lay.

"Forgive me," he whispered, taking the garments.

The maidens chatted cheerfully in the river. Zhinü laughed with them but glanced occasionally toward the shore. Suddenly, she noticed her clothes were missing.

"Where are my clothes?" she asked anxiously.

The others turned to look. "What? Your clothes are gone?"

"This is terrible," one said. "Dawn approaches. We must return."

Another urged, "Zhinü, search quickly. We cannot stay much longer."

Zhinü emerged from the river, looking east and west. Then she spotted Niulang standing by the tree.

The others called out, "Zhinü, we cannot wait. If you don't return, the Master will be angry."

"Go ahead," Zhinü told them. "I'll return once I find my clothes."

The maidens looked at the sky, then at Zhinü, before reluctantly departing for heaven.

Zhinü stood alone, facing Niulang. "Did you take my clothes?"

"Yes," he admitted. "I'm sorry, but... but I only wanted to speak with you."

"Do you know me?" she asked.

"I know you're called Zhinü," he said. "I often see you weaving clouds in heaven. Your clouds are the most beautiful and special." The ox had told him all this.

Zhinü blushed. "You... you watch me?"

"Yes," he said. "Every day as I tend the cattle, I see the clouds above. I learned that the most beautiful ones are yours."

Zhinü studied Niulang. This young man seemed honest and true.

"I'm called Niulang," he said. "If you're not angry, might we talk for a while?"

Zhinü considered, looking at the sky, then at Niulang. She had long wondered about mortal life.

"Very well," she agreed. "We can talk. But you must promise me one thing."

"What is it?" Niulang asked.

"When I wish to return to heaven, you must give me back my clothes."

"I promise," Niulang agreed. "Shall we sit over there? I can tell you about life here."

And so, Niulang and Zhinü sat by the river, beginning their conversation. The sun rose, mountain flowers bloomed, and birds awakened. On this beautiful morning, the heavenly weaver and the mortal cowherd began their story.

Chapter Four:
Together

Zhinü and Niulang decided to share their lives together and marry. Though they had little money, both were filled with joy.

"We don't need much for our wedding," Zhinü told Niulang. "Something simple will do."

Niulang looked at her with concern. "But in heaven, you had such a fine life. I fear you'll find it lacking here."

Zhinü smiled. "Don't worry. In heaven, every day was silent, the same tasks repeated. Here with you, I am truly happy."

When Niulang's brother learned of the wedding, he exclaimed, "Finally, someone to care for you. Zhinü is wonderful!"

His brother's wife came to help, teaching Zhinü to cook and keep house. Zhinü learned quickly, approaching each lesson with dedication.

The villagers came to help. Some cleaned the new house, while others brought gifts.

"Look, Zhinü," said one aunt, bringing several red garments, "These I wore in my youth. Now they're yours."

Zhinü beamed. "Thank you, Aunt. I'll treasure them."

The old yellow ox watched over them, telling Niulang, "I'll be there on your wedding day."

The wedding morning dawned beautiful. The sun rose early, as did the villagers.

Zhinü, dressed in her new red clothes, looked radiant. Niulang stood beside her, feeling like the happiest man alive.

"Zhinü," Niulang's brother said, "from today, you're part of our family."

The villagers gathered to celebrate, eating and talking with joy. Zhinü watched them all, marveling at the warmth of mortal life.

That evening, as the moon rose, Zhinü stood before their house, gazing skyward.

"Are you thinking of heaven?" Niulang asked.

"No," Zhinü replied. "I'm thinking how truly happy I am. Though our house is small and we have little, with you here, this is home."

Taking her hand, Niulang said, "I'll keep you this happy always."

The old yellow ox watched nearby. It knew Zhinü spoke truth. In heaven she had everything, yet no true home. Now she had found the life she sought.

After marriage, they began their new life. Each morning before dawn, Zhinü would rise.

"You needn't wake so early," Niulang would say.

"I want to make your breakfast," Zhinü would reply. "You need to eat well before tending the cattle."

Niulang watched her cook with joy. Once he ate alone, but now they shared their meals.

After breakfast, Niulang would go to the mountains while Zhinü tended the house. She learned many skills: cooking, washing, cleaning. She approached each task with care.

Sometimes Zhinü would visit him in the mountains, bringing his lunch and sitting with him to talk.

"Look," she would say, pointing skyward. "Those clouds were once mine. Others make them now, but they're not as beautiful."

Niulang would smile. "Because yours were the most beautiful."

The old yellow ox listened contentedly, knowing Niulang's happiness.

The villagers would say, "Zhinü is truly wonderful. Her cooking is delicious, and her words are kind."

"Indeed," they agreed, "Niulang has found a fine wife."

Zhinü loved talking with the villagers. She found mortal life far more interesting than heaven's. Where heaven was quiet and reserved, each day here brought something new.

In the evenings, they sat watching the moon while Zhinü made clothes for Niulang.

"Zhinü," Niulang asked, "are you happy with this life? Do you miss heaven?"

Setting down her sewing, Zhinü replied, "I love it here. Every day with you brings joy. I don't want to return to heaven."

"For me as well," Niulang said. "Life once seemed hard, but now each day holds meaning."

Days passed peacefully. Their house was small but clean. Though they had little money, they found daily happiness.

In spring, they planted vegetables. "Now we'll have our own to eat," Zhinü said.

Summer came with its heat. When Niulang tended cattle, Zhinü would bring him cool watermelon.

In autumn, they worked with the villagers. They taught Zhinü to make steamed buns, shoes, and ride horses. Everything was new and exciting to her.

Winter brought cold weather. Zhinü made new clothes for Niulang. In the evenings, they sat together, talking contentedly.

The old yellow ox watched their life with satisfaction. It knew it had done right in bringing them together. Niulang and Zhinü's love had made the mountain village even more beautiful.

Chapter Five:
A Simple Life

Spring returned, bringing changes to Niulang and Zhinü's life. Zhinü's belly grew as she expected a child.

"Don't work too hard," Niulang told her. "You must rest."

Zhinü smiled, holding her belly. "I'm fine. I can do everything as before."

The villagers came to help. "Zhinü is expecting a child. We must help her."

One elderly aunt advised, "Drink more water and eat well, so the baby will grow healthy."

Another said, "I've made you larger clothes, for your comfort."

When Niulang tended the cattle, he would ask the old yellow ox, "Will it be a boy or a girl?"

The ox would reply, "Don't worry, we'll know soon enough."

One evening, Zhinü felt pain. Niulang hurried to get help from the villagers.

"Don't be afraid," the aunts said. "This is natural."

Zhinü lay in bed while Niulang waited outside, his heart aching at her cries.

After a long while, the sound of crying babies filled the room. Not one child, but two!

"A boy and a girl!" the aunts exclaimed.

Niulang went in to see Zhinü and the babies. Though exhausted, she looked happy. The two infants, rosy-cheeked, were beautiful.

"Look," Zhinü whispered, "aren't they lovely?"

Niulang looked at the children and wept. "Thank you, Zhinü."

Villagers came to see the babies. "They're beautiful, just like their parents."

The old yellow ox came too. "Now you're truly a family."

Zhinü sat in bed, looking at her children and Niulang, feeling blessed. In heaven, she had never imagined such happiness.

"What shall we name them?" Niulang asked.

"How about Xiao Xing for the boy and Xiao Yue for the girl? Then they'll be as beautiful as the stars and moon."

"Perfect," Niulang agreed.

The children grew day by day. Zhinü taught them to speak, Niulang to walk. Both learned quickly.

"Father," Xiao Xing pointed skyward, "are those clouds?"

"Yes. Your mother used to weave them in heaven."

Xiao Yue asked, "Mother, what is heaven like?"

"Heaven is beautiful," Zhinü replied, holding her daughter, "but being here with father and you is better."

When Niulang went to the mountains, the children wanted to follow.

"We want to watch the cattle," they would say.

"Wait until you're older," Niulang would reply.

While Zhinü cooked, the children played nearby, loving her stories about heaven.

"Mother," Xiao Yue would say, "tell us stories about heaven."

Zhinü would tell them, "In heaven, many people weave clouds. When the sun rises, everyone begins their work..."

As time passed, Xiao Xing and Xiao Yue grew clever and healthy, helping their parents with simple tasks.

One morning, Zhinü taught Xiao Yue to make clothes.

"Mother, this is too hard," Xiao Yue said.

"Watch," Zhinü smiled. "Like this, step by step."

After a while, Xiao Yue exclaimed, "Mother, look, I can do it!"

"Wonderful! You learn so quickly."

Outside, Niulang taught Xiao Xing about cattle.

"Father, why do cows eat so much grass?"

"Because they need to grow, just like you need to eat."

The old yellow ox watched them, letting them ride on its back.

"Father," Xiao Xing said, "the old yellow ox is so kind."

"Yes," Niulang replied, "it's our best friend. Without it, we wouldn't be a family."

At dinner, the children shared their stories.

"I learned to make clothes today!" Xiao Yue said.

"Father taught me which grass the cows like best," Xiao Xing added.

Zhinü watched them all, her heart full of joy.

Neighborhood children would come to play, filling the courtyard with laughter.

"Your children are so lovely," a neighboring aunt said, "always helping others."

"Yes, they've learned much from the villagers."

The seasons passed. In spring, they planted vegetables. In summer, they played by the river. In autumn, they viewed red leaves. In winter, they made snowmen.

Each night, Zhinü told stories of heaven and earth.

"Mother," Xiao Yue asked, "do you miss heaven?"

"No. I have your father, you two, and many good friends here. I'm happy."

"Will you ever leave us?" Xiao Xing asked.

"Never. I'll always be with you."

But she didn't know that the heavenly beings had discovered her earthly life. A great change was coming...

Chapter Six:
Heaven's Decision

In heaven's great hall, during a meeting of celestial elders, Master Yun hurried in.

"Pardon me," he said, "I have urgent news."

The Jade Emperor asked, "What is it? You seem troubled."

Master Yun spoke softly, "It's about Zhinü. We've found her."

Everyone rose. The Jade Emperor asked, "Where is she? What has she been doing this past year?"

"She's in the mortal world," Master Yun replied. "She married a young man named Niulang. They live together and have two children."

"What?" Everyone was shocked. "How is this possible? Though she often watched the mortal world, we never imagined she'd go live there."

The Queen Mother of the West entered, having heard their words. Her face showed fury.

"Where is Zhinü now?" she demanded.

Master Yun answered, "In a small mountain village. She lives happily with the young man, and their children are lovely."

"This is unacceptable!" the Queen Mother raged. "She belongs in heaven. Without her, our clouds have lost their beauty."

Everyone agreed, "Yes, the work has suffered since she left."

"Therefore," the Queen Mother continued, "we must bring Zhinü back. She's our finest worker. None match her skill. Since she left, the others have grown careless."

Master Yun cautiously said, "But... she has a family now, children..."

"That doesn't matter!" the Queen Mother snapped. "Heavenly beings belong in heaven. Look at these clouds—they're hideous!"

The Jade Emperor considered, then said, "Indeed, Zhinü is our finest worker. Though she's happy below, this isn't right."

The Queen Mother declared, "I'll bring her back tomorrow."

"What about the children?" Master Yun asked.

"That's a mortal concern," the Queen Mother said coldly. "Our priority is getting Zhinü back to work."

Master Yun left, head bowed. He knew of Zhinü's happiness but could do nothing.

The next morning before dawn, Zhinü prepared breakfast. She watched her sleeping children, thinking them precious.

Suddenly, she sensed something wrong. Stepping outside, she saw dark clouds gathering.

"What's happening?" she whispered, heart racing.

Xiao Xing and Xiao Yue woke.

"Mother," Xiao Yue said, "the sky looks strange."

Zhinü gazed upward. "Yes..." Worry filled her heart.

Niulang woke and joined her.

"Zhinü, what's wrong?" he asked.

She turned and embraced him. "I feel... I feel something terrible coming."

"What do you mean?" Niulang asked.

Just at this moment, a loud sound appeared in the sky. A beam of light shone down, and the Queen Mother suddenly appeared before them. She glared at Zhinü. "Do you understand what you've done wrong?"

Trembling but brave, Zhinü stood before her family. "I've done nothing wrong. I only found the life I wanted."

"You are a heavenly being! Your place is in heaven!" the Queen Mother shouted. "You didn't even ask permission! Look at our clouds—all ugly now. Everyone's work has suffered."

Xiao Xing and Xiao Yue huddled behind their parents.

"Mother..." Xiao Yue whispered.

Zhinü embraced her children. "Please let me stay. I have a family now..."

"Impossible!" the Queen Mother refused. "You must return. You have no choice."

Niulang stepped forward. "Please don't take her. We'll work hard—"

The Queen Mother pointed at Zhinü. Light engulfed her.

"No!" Zhinü cried as she rose from the ground.

"Mother!" The children reached for her but couldn't touch her.

Niulang tried to grab her hand as she rose higher.

"Zhinü!" he called.

Weeping, she cried, "Take care of our children! I'll find a way back!"

The old yellow ox rushed over. "Quick, get Zhinü's clothes—the ones she first wore! They'll let you reach heaven!"

Niulang found the clothes and dressed, holding both children.

"Father," Xiao Xing said, "we must find Mother!"

"Climb on my back," the ox said. "This is the last help I can give."

They mounted. With final strength, the ox leaped skyward.

"Zhinü!" Niulang called, "We're coming!"

The Queen Mother, furious, drew a needle and traced a line across the sky.

A vast river appeared, its waters rising to divide heaven.

Zhinü stood on one bank, Niulang and the children on the other.

"Zhinü!" Niulang tried to cross, but the waters were too strong.

"Niulang!" Zhinü couldn't reach them.

The children wept, "Mother! Mother! We want to find you!"

Zhinü cried, "Children, obey your father. I'll miss you! I'll find a way!"

The ox looked at Niulang one last time. "I'm sorry I couldn't help more. But... perhaps someday, someone will help you."

Then the ox collapsed, never to rise.

The Queen Mother declared, "You cannot cross. Zhinü must work in heaven. Return now."

Niulang held his weeping children, watching Zhinü across the river. Their happy life had ended.

Chapter Seven:
Separation

Dark clouds filled the sky as fierce winds blew. By the Heavenly River, Niulang held his children, watching Zhinü across the waters, his heart heavy with sorrow.

"Father," sobbed Xiao Xing and Xiao Yue, "can we truly not find Mother?"

Niulang held them close. "Don't cry. We'll find a way."

More celestial beings appeared, saying to Zhinü, "It's time to return to your work."

Standing at the river's edge, Zhinü gazed at her family. "I'm sorry. This is my fault. I shouldn't have left heaven..."

"No!" Niulang called out. "You did nothing wrong. Weren't we happy together?"

"Enough!" commanded the Queen Mother. "Zhinü, come."

As Zhinü took a final look at her family, Xiao Xing suddenly ran to the river's edge.

"Mother!" he cried, "Don't go! We'll miss you!"

Xiao Yue followed. "Mother, please stay! We'll be good!"

Hearing her children's pleas, Zhinü begged tearfully, "Please let me stay. My children are so young..."

"Impossible!" declared the Queen Mother. "You are of heaven. Heaven's laws must be obeyed."

The weakened ox struggled to speak, "But... Zhinü is now a mortal wife, a mother..."

The Queen Mother turned on the ox. "You dare meddle in celestial affairs! This happened because of you!"

She raised her hand, and light struck the ox.

"No!" Niulang cried, too late.

The ox collapsed, looking at Niulang. "Forgive me... I can help no more... but remember, true love will find a way..."

With these words, the ox transformed to stone.

"Old Yellow Ox!" Niulang embraced the stone, weeping. The ox had brought him to Zhinü and remained their faithful companion.

"Why must this happen?" Zhinü wept. "The ox was our dearest friend..."

"This is the price of disobedience," said the Queen Mother. "Come now!"

Rain began falling as Zhinü's body glowed, lifting skyward.

"Zhinü!" Niulang clutched the children, trying to follow, but the waters proved too strong.

"Niulang!" Zhinü's voice faded. "Care for our children! I'll find my way back!"

Thus heaven reclaimed Zhinü. Niulang and the children watched her vanish into the clouds.

The ox-stone stood silent witness to their grief, as grey clouds gathered overhead, sharing their sorrow.

As the Queen Mother led her away, Zhinü looked back until her family disappeared from view.

Niulang stood watching where she had gone, the children weeping, unable to understand their mother's departure.

"Father," Xiao Yue tugged his hand, "let's go home. Perhaps Mother will return."

"No," Niulang said softly, "we must find a way."

The ox-stone began to glow. Touching it, Niulang heard its final message: "Use my hide, Niulang. It will give you flight."

Understanding dawned. He quickly fashioned two pouches from the ox's hide.

"Xiao Xing, Xiao Yue," he said, "we'll find your mother. Hold tight."

The children nodded. Once settled in the pouches, they began to rise.

The celestial beings spotted them. "Look! The cowherd approaches with his children!"

The Queen Mother's fury grew. "See how they persist in defiance."

Zhinü saw them, joy and fear mingling. "Turn back! It's too dangerous!"

But Niulang continued upward.

"They must not cross!" The Queen Mother drew her needle again.

The river widened, its banks drawing further apart.

"Niulang!" Zhinü cried, "The river grows too dangerous!"

"We must be together!" Niulang called back.

Rain poured and winds howled, slowing their ascent.

"Father, I'm frightened," whispered Xiao Yue.

"Be brave," Niulang said. "We must reach Mother."

But the river proved too vast. Looking at his children, then at Zhinü, Niulang knew they must turn back.

"Zhinü," he called, "we will meet again!"

Zhinü watched her beloved family, tears flowing. "They cannot cross now," the Queen Mother said coldly. "Come."

Niulang descended with the children. They sat beside the ox-stone, gazing skyward.

"Father," Xiao Xing asked, "will we see Mother again?"

"We will," Niulang promised, holding them close. "We'll find a way."

"Mother must feel such sorrow," Xiao Yue said, watching the sky.

Suddenly, the clouds formed a beautiful flower. Niulang understood Zhinü's message of love.

That night, they returned to their silent home, everything changed by absence. Each empty space held memories of

Zhinü: where she cooked, where she rested, where she played with the children.

From that day forward, Niulang and the children visited the river daily, hoping to see Zhinü. She too came each day, watching her family below.

Though heaven and earth divided them, their hearts remained as one.

Chapter Eight:
The Heavenly River

Dawn broke, yet sorrow still filled the hearts of Niulang and his children. Each day they came to the river's edge, hoping to glimpse Zhinü above.

"Father," asked Xiao Xing, "why is the heavenly river so vast?"

Stroking his son's head, Niulang answered, "This is heaven's river. The Queen Mother made it wide to keep us apart."

Xiao Yue gazed upward. "What is Mother doing now? Does she miss us?"

"She does. Look at the clouds—they've lost their beauty, reflecting Mother's sadness."

On the other side, Zhinü watched them daily, her heart aching as she gazed at her husband and children below.

"Zhinü," Master Yun approached, "you must return to work."

"I know," she replied softly. "But please, let me watch a moment longer. My children are so young—they need their mother."

"I understand," Master Yun said gently. "But in heaven, duty calls. See how the clouds have dimmed? Everyone awaits your return."

Rising slowly, Zhinü whispered to those below, "Niulang, care for our children. Xiao Xing, Xiao Yue, mind your father."

Though they couldn't hear, they seemed to sense her words. The children called skyward, "Mother!"

A young colleague approached Zhinü. "I see you here often. Your children are beautiful."

"Yes," Zhinü said. "Once I could hold them, tell them stories. But now..."

"Have faith," her colleague said. "Perhaps heaven will understand one day."

Silently, Zhinü returned to work. Yet her clouds lacked their former grace, her heart dwelling below.

In their earthly home, everything felt hollow without Zhinü. Xiao Xing touched his mother's sewing things. "These are the last clothes Mother made us."

Xiao Yue lifted a bowl. "Mother's bowl. Will we share meals again?"

Niulang gathered them close, his heart heavy. "We will. We must find a way. We must believe—in Mother, in ourselves."

That evening, beneath the moon, they sat together.

"Father," Xiao Yue pointed upward, "is that river under the moon the one that separates us?"

"Yes," Niulang said, "that's what keeps us from Mother."

"Father, I know!" Xiao Xing exclaimed. "We could build a bridge across!"

"The river is too vast," Niulang said gently.

"Then we could swim?" suggested Xiao Yue.

"The waters are too strong, and heaven wouldn't permit it."

As the children's heads drooped, a breeze carried what seemed like Zhinü's voice: "My loves, I miss you..."

Above, clouds formed Zhinü's image before fading away.

"See?" Niulang said. "Mother sends her love through the clouds."

That night, while the children slept, Niulang pondered the ox's words: "True love will find a way..."

In heaven, Zhinü stood by the river, watching her moonlit home below, knowing they shared the same moon.

"Wait for me," she whispered, "I will return..."

Days passed differently now. Each morning, Xiao Yue would ask, "Will Mother return today?"

"We must be patient," Niulang would answer. "A way will come."

The children learned new tasks—cooking, washing clothes. Though novices, they persevered.

"Father," said Xiao Xing, "I'm learning to cook. When Mother returns, she'll see we managed well."

Niulang felt pride tinged with sadness at their premature maturity.

In heaven, Zhinü's sorrow showed in her work. Master Yun noticed her dimmed clouds.

"Your clouds have lost their splendor," he said. "Everyone sees it."

"My heart isn't here," she admitted.

The Queen Mother appeared. "You belong in heaven. Work as you should."

"I know," Zhinü whispered. "But my children need their mother..."

"Enough!" the Queen Mother demanded. "Your work is nothing like before!"

"Because before I knew joy," Zhinü replied. "Now I know only sorrow."

"What would you have?" asked the Queen Mother.

"Let me see them," Zhinü pleaded, "once a year even..."

"Never!" The Queen Mother departed in anger.

As Zhinü wept, her colleague said to her, "Perhaps..."

"What?"

"Master Yun says when love proves true enough, even heaven must yield."

"Truly?"

"Wait and see. Heaven witnesses your heart's devotion."

Below, Niulang and the children maintained their vigil. One day, Xiao Xing pointed skyward. "Father, look! The clouds form words!"

They watched as the words "Wait for me" appeared above.

"Mother speaks to us!" Xiao Yue cried joyfully.

"We're here, Zhinü," Niulang called. "We'll always wait."

The clouds shifted into a heart.

"We love you too, Mother!" the children called.

From then on, Zhinü spoke through the clouds. Though apart, their hearts grew closer.

One evening, a voice called, "Zhinü, come."

It was Master Yun, leading her to a bright chamber.

"We've been watching you," he said.

Zhinü stood silent.

"Your clouds have lost their beauty," he continued, "but your love shines brighter still."

She waited.

"Perhaps..." he said thoughtfully, "we can find a way..."

Zhinü's heart leaped. Perhaps her waiting would soon end...

Chapter Nine:
The Heavenly Birds

"Zhinü," Master Yun spoke softly, "I see your daily sorrow."

Head bowed, Zhinü replied, "I miss my children and husband."

Master Yun gazed at the Heavenly River. "Have you noticed the many birds in heaven? They watch over you each day."

Zhinü looked up. Though she often saw black and white birds above, she'd never realized they observed her too.

A black and white bird alighted beside her.

"Don't fear," Master Yun said. "These birds know your story. They see you speaking through the clouds to your family."

Zhinü studied the bird, its bright eyes seeming to smile at her.

"These birds are special," Master Yun continued. "They understand love."

More birds descended from the trees, watching Zhinü intently.

"See? They wish to help you."

"But the river is so vast," Zhinü whispered. "How can anyone cross it?"

"Wait and see," Master Yun said, watching the birds. "True love finds its way."

After he departed, Zhinü stood among the watching birds.

A plump bird joined the others, speaking while they listened.

Unknown to Zhinü, it said, "We must help her. This family's separation brings too much pain."

"How?" asked the others.

"Heaven begins to understand her heart," said the plump bird. "We must gather more of our kind."

The birds agreed, "Yes! We'll go now!"

Soon birds filled the heavens, arriving from every direction to perch in the great trees, watching Zhinü.

Below, Niulang noticed their gathering.

"Father," Xiao Yue called, "look at all the birds above!"

"They're black and white, and beautiful!" Xiao Xing added.

Niulang remembered the ox's last words: "True love will find a way..."

The birds waited, watching Zhinü's longing and her family's riverside vigils. They knew their moment approached.

On the seventh day of the seventh month, before dawn, the plump bird roused the others.

"Today," it declared, "we unite the family."

The birds took flight above the Heavenly River.

Zhinü stood watching below when suddenly birds began descending onto the river itself.

"Could it be..." She hardly dared believe her own eyes.

The birds pressed close together, forming their bodies into a bridge across the waters.

Master Yun appeared beside her. "Look, Zhinü. The birds offer their help."

Tears filled her eyes. "May I truly cross?"

"Today, the seventh of the seventh month," Master Yun said, "they make themselves your bridge. Go to your family."

Across the river, Niulang saw the bridge of birds.

"Father!" his children cried. "Look! The birds form a bridge!"

Understanding dawned. "We can reach your mother!"

From opposite ends, the family stepped onto the bridge.

The birds stood motionless, knowing they united long-parted loved ones.

"Mother!" the children called.

"My loves!" Zhinü cried.

Meeting at the center, she embraced her children and cried.

"Zhinü..." Niulang wept.

"Forgive the long wait," she said.

"We missed you so," Xiao Yue whispered.

"We watched your clouds every day," added Xiao Xing.

Stroking their heads, Zhinü murmured, "I watched you grow tall."

From the riverbank, Master Yun told the celestial beings, "Behold true love."

Even the Queen Mother came, understanding at last.

"How long may we stay together?" Zhinü asked.

"Until nightfall," Master Yun replied. "And every year on this day, the birds will make your bridge."

"That brings peace," Niulang said. "Knowing we'll meet again."

They shared their year's stories on the bridge of birds.

As darkness neared, they prepared to part.

"Mind your father," Zhinü embraced her children. "Until next year."

"I'll practice my sewing," promised Xiao Yue.

"I'll care for sister," said Xiao Xing.

To Niulang, Zhinü whispered, "Take care."

"And you," he replied. "We'll wait for you."

The birds stood silent witness to their love.

From that day forward, every seventh day of the seventh month, the birds bridged the Heavenly River for Zhinü's family.

People named this day Qixi, when the heavenly weaver could meet her beloved family.

And the birds earned their name—magpies—for bringing joy to the separated family.

Chapter Ten:
A Story of Love

Ever since that year, on the seventh day of the seventh month, black and white magpies gather at the Heavenly River. Standing together, they form a bridge for Zhinü to meet with Niulang, Xiao Xing, and Xiao Yue.

The villagers now know this miracle. Each year they gather to watch, young voices calling skyward, "Zhinü, see, we've come too!"

Elders share the tale with children: "Once in our village lived a man named Niulang, who worked with great dedication..."

As Xiao Xing and Xiao Yue grew, they showed their parents' spirit—working diligently, living with passion. Villagers would remark, "Look how they mirror their parents."

Xiao Yue mastered the art of sewing. She would sit before their home, crafting clothes while watching the clouds.

"Mother," she would whisper, "do you like what I've made?"

Above, the clouds would form a flower—Zhinü's way of saying, "Beautiful."

Xiao Xing grew strong, tending cattle in the mountains as his father once did. He would tell them, "You know, my mother is heaven's finest weaver..."

Though Niulang's hair turned white, he visited the river daily, knowing Zhinü watched from above.

Once, a little girl asked Xiao Yue, "Sister, why do you come here every year?"

Sitting beside her, Xiao Yue smiled. "This place holds a beautiful story."

"What story?"

Pointing skyward, Xiao Yue explained, "See that heavenly river? Beyond it lives someone who loves us dearly. She weaves the most beautiful clouds."

"Really?" The girl's eyes sparkled.

"Yes," said Xiao Yue. "She's my mother. Though we rarely meet, our hearts remain one."

Their story spread, and the Qixi Festival grew beloved.

On these nights, young people gaze at stars, saying, "How beautiful, the love of Zhinü and Niulang."

Watching from above, Zhinü weaves ever more beautiful clouds, knowing her family's story teaches the meaning of true love.

Each Qixi evening brings countless stars.

People say the brightest is Zhinü, waiting for her family.

As years passed, Qixi traditions blossomed.

Young women place bowls in courtyards, watching starlight dance on water while dreaming of love.

Mothers teach daughters to sew, saying, "Be devoted like Zhinü."

Fathers tell sons of Niulang: "See his dedication. Though poor in wealth, he was rich in heart."

In schools, children hear the tale and vow, "We'll be diligent like Zhinü and Niulang."

One day, Xiao Yue watched a father teaching his child about stars.

"Look," he said, "those two brightest stars—Zhinü and Niulang. Between them flows the Heavenly River."

"Father," the child asked, "do they still wait to meet?"

"Yes," he answered, "because their love is true."

Listening, Xiao Yue remembered her mother teaching her about stars.

Xiao Xing joined her. "Thinking of Mother?"

"Yes," she said. "See how many hearts our parents' story has touched."

Above, clouds formed a heart. Their mother watched still.

Years later, though Xiao Xing and Xiao Yue grew old, they never missed the seventh of the seventh month.

Their children came, and their children's children, all gathering by the river beneath stars and moon.

"See," Xiao Yue would whisper, "the clouds remain beautiful. Mother watches over us still."

"Yes," Xiao Xing would say. "Father was right—true love never changes."

In heaven, Zhinü weaves clouds more beautiful than ever, knowing how many hearts below watch her work.

They say on Qixi night, you can see their stars. Though the Heavenly River flows between, they shine bright and near.

Each year, faithful magpies come, bridging heaven's river for love's reunion.

The story lives in books and hearts: "True love, like Zhinü and Niulang's, lives forever."

Even now, their tale endures. Each Qixi, as stars shine above, we remember this eternal story of love.

Glossary

These are all the Chinese words (other than proper nouns) used in this book.

Chinese	Pinyin	English
啊	a	ah, oh, what
爱	ài	love
安静	ānjìng	quiet, peaceful
阿姨	āyí	aunt
吧	ba	(indicates assumption or suggestion)
把	bǎ	(preposition introducing the object of a verb)
把	bǎ	to hold, to guard, a bundle
八	bā	eight
爸爸	bàba	father
白（色）	bái (sè)	white
办法	bànfǎ	method
帮（助）	bāng (zhù)	to help
帮忙	bāngmáng	to help
包	bāo	to wrap, bag
抱（住）	bào (zhù)	to hold, to carry
背	bèi	back
被	bèi	(particle before passive verb)
北	běi	north
比	bǐ	compared to, than
边	biān	side
变（化）	biàn (huà)	to change
变成	biànchéng	to become
别	bié	do not, other
必须	bìxū	must
不	bù	no, not, do not
步（子）	bù (zi)	step

不过	bùguò	but
不了	bùliǎo	no more
不行	bùxíng	no way, out of the question
才	cái	only
菜	cài	dish
才能	cáinéng	can only, ability, talent
草	cǎo	grass, straw
常	cháng	often
长	cháng	long
成（为）	chéng (wéi)	to become
吃（饭）	chī (fàn)	to eat
吃饱	chī bǎo	to eat one's fill, to be full
吃完	chī wán	finish eating
出	chū	out
穿	chuān	to wear, to put on; to pierce
穿（上）	chuān (shàng)	to wear, to put on
床	chuáng	bed
春（天）	chūn (tiān)	spring
出事	chūshì	accident, failure
出现	chūxiàn	to appear
次	cì	next in a sequence, (measure word for time)
从	cóng	from
从来没有	cónglái méiyǒu	there has never been
聪明	cōngming	clever
村子	cūnzi	village
错	cuò	wrong
大	dà	big
带	dài	to carry, to lead, to bring
大家	dàjiā	everyone
但（是）	dàn (shì)	but
担心	dānxīn	worry
到	dào	to arrive, towards

道	dào	path, way, Dao, to say, (measure word for lines, orders)
倒	dǎo	to fall
打扫	dǎsǎo	to sweep, to clean
大声	dàshēng	loud
的	de	of
得	de	(particle showing degree or possibility)
地	de	used as a structural particle to connect adverbs with verbs, to help describe how an action is performed
的时候	de shíhòu	when
的话	dehuà	if
等	děng	to wait
地	dì	land, ground, earth
第	dì	(prefix before a number)
帝	dì	emperor
低	dī	low; to lower (one's head)
底（部）	dǐ (bù)	low, beneath
低声	dī shēng	whisper
点	diǎn	point, hour
点（点）头	diǎn (diǎn) tóu	to nod
掉	diào	to fall, to drop, to lose
地方	dìfang	place
地面	dìmiàn	ground
地上	dìshàng	on the ground
动	dòng	to move
懂	dǒng	to understand
东（部）	dōng (bù)	east
冬（天）	dōng (tiān)	winter
东西	dōngxi	thing
都	dōu	all
对	duì	correct, towards someone
对不起	duìbùqǐ	I am sorry
朵	duǒ	(measure word for flowers and clouds)

多	duō	many
多么	duōme	how
肚子	dùzi	belly, abdomen
二	èr	two
而且	érqiě	and
儿子	érzi	son
发光	fā guāng	to glow
发亮	fā liàng	to shine
饭	fàn	cooked rice, meal
放	fàng	to put, to let out
房（子）	fáng (zi)	house, room
房间	fángjiān	room
放下	fàngxià	to lay down
发现	fāxiàn	to discover, to find
飞	fēi	to fly
非常	fēicháng	very
分	fēn	to divide, to separate
风	fēng	wind
分开	fēnkāi	separate
分离	fēnlí	separation
敢	gǎn	to dare
感兴趣	gǎn xìngqù	interested
刚（才）	gāng (cái)	just, just a moment ago
干净	gānjìng	clean
高	gāo	tall, high
告诉	gàosù	to tell
高兴	gāoxìng	happy
个	gè	(measure word, generic)
哥哥	gēge	elder brother
给	gěi	to give
根	gēn	root, (measure word for long thin things)
跟（着）	gēn (zhe)	with, to follow
更	gèng	even, watch (2-hour period)

工人	gōngrén	worker
工作	gōngzuò	work, job
刮	guā	to blow
怪	guài	to blame
关心	guānxīn	concern
关于	guānyú	about
孤独	gūdú	lonely, solitary
过	guò	to pass, (after verb to indicate past tense)
故事	gùshi	story
还	hái	still, also
害怕	hàipà	fear, scared
还是	háishì	still is
孩子	háizi	child
喊（叫）	hǎn (jiào)	to call, to shout
好	hǎo	good, very
好吃	hǎochī	delicious
好奇	hàoqí	curiosity
好像	hǎoxiàng	to like
和	hé	and, with
河	hé	river
喝	hē	to drink
黑（色）	hēi (sè)	black
很	hěn	very
红（色）	hóng (sè)	red
后	hòu	after, behind, later
后来	hòulái	later
后面	hòumiàn	behind
画	huà	to paint, painting
话	huà	word, speak
花	huā	flower
黄	huáng	yellow
花园	huāyuán	garden

回	huí	to return
会	huì	will, to be able to
灰（色）	huī (sè)	grey
回答	huídá	to reply
回去	huíqu	to go back
回头	huítóu	to turn back
活（着）	huó (zhe)	alive
或者	huòzhě	or, either...or
几	jǐ	several
记（住）	jì (zhù)	to remember
家	jiā	family, home
件	jiàn	(measure word for clothing, matters)
见（面）	jiàn (miàn)	to see, to meet
简单	jiǎndān	simple
讲	jiǎng	to tell
健康	jiànkāng	healthy
叫	jiào	to call, to yell
教（会）	jiāo (huì)	to teach
家人	jiārén	family, family members
结婚	jiéhūn	to marry
姐姐	jiějie	elder sister
结束	jiéshù	end, finish
几乎	jīhū	almost
机会	jīhuì	chance, opportunity
季节	jìjié	season
近	jìn	close
进	jìn	to advance, to enter
今	jīn	this, these
静	jìng	quiet
惊	jīng	to startle, to be surprised
经常	jīngcháng	often
就	jiù	just, right now
旧	jiù	old

久	jiǔ	long
九	jiǔ	nine
就要	jiù yào	about to
继续	jìxù	to continue
句	jù	(measure word for word, sentence)
觉得	juéde	to feel
决定	juédìng	to decide
开	kāi	open
开会	kāihuì	meeting
开始	kāishǐ	to begin
开心	kāixīn	happy
看	kàn	to look
看起来	kàn qǐlái	it looks like
可	kě	but, yet; (intensifier)
棵	kē	(measure word for trees, vegetables, some fruits)
可爱	kě'ài	lovely, cute
可怜	kělián	pathetic
可能	kěnéng	maybe
可是	kěshì	but
可以	kěyǐ	can
空	kōng	air, void, emptiness
哭	kū	to cry
块	kuài	(measure word for chunks, pieces)
快	kuài	fast
快步	kuài bù	to trot
快乐	kuàilè	happy
拉	lā	to pull
来	lái	to come
老	lǎo	old
老师	lǎoshī	teacher
了	le	(indicates completion)
累	lèi	tired

冷	lěng	cold
离	lí	away from, to leave
里	lǐ	inside, in
连	lián	to connect
脸	liǎn	face
亮	liàng	bright
两	liǎng	two
光	guāng	light
聊天	liáotiān	to chat
离开	líkāi	to leave
里面	lǐmiàn	inside
另	lìng	other, another, in addition
邻居	línjū	neighbor
力气	lìqì	strength
六	liù	six
留（下）	liú (xià)	to keep, to leave behind, to stay
礼物	lǐwù	gift, present
路	lù	road
吗	ma	(indicates a question)
卖	mài	to sell
买	mǎi	to buy
妈妈	māma	mother
慢	màn	slow
马上	mǎshàng	immediately
没	méi	no, not have
每	měi	every
美（丽）	měi (lì)	beautiful
妹妹	mèimei	younger sister
没事	méishì	nothing, no problem
们	men	(indicates plural)
门	mén	door, gate
面	miàn	side, surface, noodles, face, (measure word for flat things)

面前	miànqián	in front
米饭	mǐfàn	cooked rice
明	míng	next, clear
名(字)	míng (zi)	first name, name, (measure word for an occupation or profession)
明白	míngbai	to understand
摸	mō	to touch
拿	ná	to take
那	nà	that
哪	nǎ	which
拿起(来)	ná qǐ (lái)	to pick up
哪儿	nǎ'er	where?
那里	nàlǐ	there
哪里	nǎlǐ	where
那么	nàme	so then
男	nán	male
难	nán	difficult, rare
南	nán	south
难过	nánguò	sad
男孩	nánhái	boy
呢	ne	(indicates question)
能	néng	can
你	nǐ	you
年	nián	year
年轻	niánqīng	young
鸟	niǎo	bird
您	nín	you (respectful)
牛	niú	cow, bull, ox
牛郎	niúláng	cowherd
女	nǚ	female
女儿	nǚ'ér	daughter
努力	nǔlì	to work hard
怕	pà	afraid

胖	pàng	fat
旁（边）	páng (biān)	beside
跑	pǎo	to run
朋友	péngyǒu	friend
皮	pí	skin, leather, peel, rind
漂亮	piàoliang	beautiful
普通	pǔtōng	ordinary
骑	qí	to ride
气	qì	gas, air, breath
起	qǐ	from, up
七	qī	seven
骑	qí	to ride
前	qián	in front, before, side
钱	qián	money
桥	qiáo	bridge
起床	qǐchuáng	get up
奇怪	qíguài	strange
起来	qǐlái	(after verb, indicates start of an action)
请	qǐng	please
轻	qīng	lightly
请假	qǐngjià	ask for leave
其实	qíshí	in fact
其他	qítā	other
秋（天）	qiū (tiān)	autumn
七夕	qīxī	valentine's day
妻子	qīzi	wife
去	qù	to go
让	ràng	to let, to cause
然后	ránhòu	then
热	rè	heat
人	rén	person, people
认	rèn	to recognize, to identify
热闹	rènao	lively

人间	rénjiān	human world
认识	rènshí	to understand
认真	rènzhēn	serious
热情	rèqíng	passion, enthusiasm
日（子）	rì (zi)	day, days of life
容易	róngyì	easy
如果	rúguǒ	if
三	sān	three
山	shān	mountain
上	shàng	on, up
少	shǎo	few, little
身（体）	shēn (tǐ)	body
身边	shēnbiān	around
生	shēng	life, to give birth, to grow out
声（音）	shēng (yīn)	sound
生活	shēnghuó	life
生气	shēngqì	anger
什么	shénme	what
什么样	shénme yàng	what kind of
十	shí	ten
是	shì	is, yes
事（情）	shì (qing)	thing
石（头）	shí (tou)	stone
时（候）	shí (hou)	time, moment, period
时间	shíjiān	time, period
世界	shìjiè	world
手	shǒu	hand
书	shū	book
树（木）	shù (mù)	tree
舒服	shūfu	comfortable
谁	shuí	who
水	shuǐ	water
睡（觉）	shuì (jiào)	to sleep

说（话）	shuō (huà)	to say
四	sì	four
送（给）	sòng (gěi)	to give a gift
虽然	suīrán	although
所以	suǒyǐ	so
他	tā	he, him
她	tā	she, her
它	tā	it
太	tài	too
抬（起）	tái (qǐ)	to lift up
太阳	tàiyáng	sunlight
躺	tǎng	to lie down
特别	tèbié	special
疼	téng	pain
天	tiān	day, sky
天河	tiānhé	sky river (Milky Way)
天亮	tiānliàng	dawn
天气	tiānqì	weather
天上	tiānshàng	heaven
条	tiáo	(measure word for narrow, flexible things)
跳	tiào	to jump
听	tīng	to listen
停（止）	tíng (zhǐ)	to stop
听不到	tīng bù dào	can't hear
听话	tīnghuà	obedient
听见	tīngjiàn	to hear
同事	tóngshì	colleague
同意	tóngyì	to agree
头	tóu	head, (measure word for animal with big head)
头发	tóufa	hair
突然	tūrán	suddenly
外面	wàimiàn	outside

完	wán	finished
玩	wán	to play
晚	wǎn	late, night
碗	wǎn	bowl
往	wǎng	to
忘（记）	wàng (jì)	to forget
王母娘娘	Wángmǔ Niángniang	Queen Mother of the West
晚上	wǎnshàng	evening, night
为	wèi	for
为什么	wèishénme	why
危险	wéixiǎn	danger
问	wèn	to ask
我	wǒ	I, me
五	wǔ	five
舞	wǔ	to dance
午饭	wǔfàn	lunch
洗	xǐ	to wash
西	xī	west
下	xià	down, under
夏（天）	xià (tiān)	summer
线	xiàn	thread, line, wire
先	xiān	first
像	xiàng	like, to resemble, statue
向	xiàng	towards
想	xiǎng	to want, to miss, to think of
想起	xiǎngqǐ	think
相信	xiāngxìn	to believe, to trust
现在	xiànzài	just now
笑	xiào	to laugh
小	xiǎo	small
小声	xiǎoshēng	whisper
小心	xiǎoxīn	careful

下午	xiàwǔ	afternoon
写	xiě	to write
些	xiē	some
鞋(子)	xié (zi)	shoe
谢谢	xièxie	thank you
西瓜	xīguā	watermelon
喜欢	xǐhuān	to like
心	xīn	heart/mind
新	xīn	new
星	xīng	star
心跳	xīntiào	heartbeat
新鲜	xīnxiān	fresh
喜鹊	xǐquè	magpie
休息	xiūxi	to rest
希望	xīwàng	to hope
洗澡	xǐzǎo	to bathe
选(择)	xuǎn (zé)	to select, to choose
雪	xuě	snow
学(习)	xué (xí)	to study, to learn
学生	xuéshēng	student
学校	xuéxiào	school
需要	xūyào	to need
眼(睛)	yǎn (jīng)	eye
样子	yàngzi	to look like, appearance
要	yào	to want
叶	yè	leaf
也	yě	also
也许	yěxǔ	maybe
以	yǐ	with, by means of
一	yī	one
意(思)	yì (si)	meaning
一般	yībān	generally
一边	yībiān	on the side

一点（儿）	yīdiǎn (r)	a little, a bit
一定	yīdìng	must
衣服	yīfu	clothing
一个人	yīgèrén	alone
以后	yǐhòu	after
一会儿	yīhuǐ'er	a while
已经	yǐjīng	already
应该	yīnggāi	should
因为	yīnwèi	because
一起	yīqǐ	together
以前	yǐqián	before
一眼	yīyǎn	at a glance
一样	yīyàng	same
一直	yīzhí	always, continuously
用	yòng	to use
用心	yòngxīn	careful
又	yòu	again, also
有	yǒu	to have
游（泳）	yóu (yǒng)	to swim, to tour
有的时候	yǒu de shíhòu	sometimes
有点	yǒudiǎn	a little bit
有意思	yǒuyìsi	interesting
雨	yǔ	rain
玉皇	Yù Huáng	Jade Emperor
远	yuǎn	far
院子	yuànzi	courtyard
月（亮）	yuè (liang)	month, moon
越来越	yuèláiyuè	more and more
云	yún	cloud
再	zài	again
在	zài	in, at
再见	zàijiàn	goodbye
早	zǎo	early

早饭	zǎofàn	breakfast
早上	zǎoshang	morning
怎么	zěnme	how
怎么办	zěnme bàn	how to do
怎么样	zěnme yàng	how about it?
怎么了	zěnmele	what's wrong
站	zhàn	to stand
长	zhǎng	to grow
章	zhāng	chapter
丈夫	zhàngfu	husband
照	zhào	according to
找	zhǎo	to search for
照顾	zhàogù	to take care of
着急	zhāojí	in a hurry
着	zhe	(indicates action in progress)
这	zhè	this
这里	zhèlǐ	here
这么	zhème	so
真	zhēn	true, real
针	zhēn	needle
正	zhèng	correct, just
正在	zhèngzài	(-ing)
真是	zhēnshi	really
这样	zhèyàng	such
只	zhǐ	only
指	zhǐ	finger, to point at, to name
只	zhī	(measure word for animals)
织	zhī	to weave
知道	zhīdào	to know
织女	Zhīnǚ	weaver girl
种	zhòng	to plant, (measure word for kinds of creatures, things, plants)
中间	zhōngjiān	middle

重要	zhòngyào	important
终于	zhōngyú	at last
住	zhù	to live, to hold, (verb complement)
转	zhuǎn	to turn
转身	zhuǎnshēn	to turn around
注意	zhùyì	notice
字	zì	written character
自己	zìjǐ	oneself
总	zǒng	always, in all cases
总是	zǒng shì	always
走	zǒu	to go, to walk
走路	zǒulù	to walk down a path
最	zuì	the most
最后	zuìhòu	at last
最近	zuìjìn	recently
做	zuò	to do
坐	zuò	to sit
座	zuò	(measure word for bridges, mountains, buildings)

About the Author

Jenny Lu is an award-winning literary translator and Chinese language educator with over twenty years of experience. A recipient of fellowships from Trinity College Dublin and the University of Edinburgh, she specializes in bridging Chinese and English literature while preserving cultural authenticity. Based in Brisbane, Australia, she continues her work in cross-cultural literary exchange through translation and teaching.